中华经典深度导读丛书

唐宋词深度导读

丁凤来 著

苏州大学出版社

图书在版编目(CIP)数据

唐宋词深度导读 / 丁凤来著. —苏州 : 苏州大学出版社,2012.9
(中华经典深度导读丛书)
ISBN 978-7-5672-0234-4

Ⅰ.①唐… Ⅱ.①丁… Ⅲ.①唐宋词－诗词研究 Ⅳ.①I207.23

中国版本图书馆 CIP 数据核字(2012)第 182276 号

书　　名 唐宋词深度导读
著　　者 丁凤来
责任编辑 盛　莉
邮　　箱 shengli@suda.edu.cn
出版发行 苏州大学出版社
(苏州市十梓街 1 号　215006)
印　　刷 宜兴市盛世文化印刷有限公司
开　　本 850 mm×1 168 mm　1/32
印　　张 5.5
字　　数 133 千
版　　次 2012 年 9 月第 1 版
2012 年 9 月第 1 次印刷
书　　号 ISBN 978-7-5672-0234-4
定　　价 10.00 元

苏州大学出版社营销部　电话:0512-65225020
苏州大学出版社网址　http://www.sudapress.com

序言

在中国,几乎所有望子成龙的家长都会为自家的黄口小儿定下背诵唐诗宋词的功课。有客来访,“学有所成”的孩子往往会被“拉”出来“遛遛”,孩子倒背如流,客人大加赞赏,家长脸上有光。值得注意的是,孩子们朗诵的名篇无一不包裹着一颗颗或豪放或婉约、或洒脱或感伤的灵魂。每当听到他们用充满稚气的嫩生生的声调朗诵这些篇章时,总不免有一种蓦然的心惊,但片刻便已释然,因为正是这世代的传承,那些不朽的名篇才得以在浩瀚的中国古代诗词长河中如一串串珍珠般闪耀,经过岁月的淘洗,历久弥新,光彩照人。

唐诗宋词世代薪火相传,有其历史渊源。唐是一个诗的时代,诗的国度,诗的王朝。诗人之众、作品之多、题材之广、诗体之完备、风格流派之纷呈,前代望尘莫及,后世难以逾越。唐人“学术品格”高尚,反对剽窃,不屑模仿,“诗盈数万,格调各殊”(《全唐诗》序)。上述两方面是催生“绝妙好辞”的重要原因。定型于中晚唐的词,两宋时兴盛三百余年,就风格而言,有婉约、豪放对阵;就篇幅长短而言,有小令与长调并峙;就语言风格而言,有民间俚俗与文人高雅之别。其间大家迭出,声誉鹊起,名篇佳句不胫而走,余风流韵,千年不衰。

唐诗宋词之导读,前人与今人已做了许多有益的工作:选、注、析、赏、评、鉴,各领风骚,从不同的方向引领读者跨越户限,升堂入座。珠玉在前,怎样才能整合各类资源,熔阅读和赏鉴于一炉,将时代、作者、题材、体裁、内容、风格、流派、继承与创新、流传和影响等梳理成一条美丽的发辫呈献给读者呢? 这就必得寻找一个可以融汇古今、贯通前后、照应八方的全新视角，这一重任，唯有名句能够担当。晋人陆机有言：“立片言而居要，乃一篇之警策。”(《文赋》)陆氏之言，良有以也。

名句堪当此任，源于她自身的资质与风骨。名句是流播四方、传诸后世的句子，或因意境优美，或因饱含哲理，或因文字精警而受人青睐。名句于读者又是有所裨益的句子，或丰富知识，增广见闻；或砥砺志节，教会做人；或启人神思，增进学养；或陶冶情操，愉悦性情。她的永恒魅力贯穿于人们的讲话交流、演讲辩论、著书立说，乃至于日常生活的方方面面。

名句是全篇的眼目和灵魂。以名句为线索，振起全篇，是本书的一大特点。

唐风宋骨，丰碑在前，繁华已逝，却留下清韵悠悠，萦绕千载。“恨不踊身千载上，趁古人未说吾先说。”(冰心语)读唐诗宋词，后人总不免如此感慨。但缺憾是可以弥补的，李白提醒我们：“今人不见古时月，今月曾经照古人。”(《把酒问月》)唐诗宋词如同皓月当空，跨越千年历史尘埃，让我们有幸与那些最有灵气的祖先穿越时光隧道，进行心灵的交流。

正如冰心所说：“我们何必自己写诗呢，我们也可以读诗、读词。”本书中那些以名句为旗帜的不朽篇章，是赠予那些用虔诚之心、穷毕生时光来读懂她们的人们的一份厚礼，神游于其中，那些珍爱唐诗宋词的人们想必如沐唐月，如浴宋雨。

想来，家父丁凤来老先生应当就是一个获此“厚礼”的人。做了一辈子语文老师的他，自己读了一辈子，也将这份读诗读词的“雅好”传给了诸多后生小辈。这两本名为《唐诗深度导读》《唐宋词深度导读》的随笔，既包含了作者本人数十年教学的成果，更凝聚了作者退休后潜心专题研究十数年的心血。作者别出心裁，另辟蹊径，深度开发，层层推进，在学术与普及的缝隙中，以文艺随笔的形式走出了一条新路。

凭借个人多年的知识积累与丰富的人生阅历，该书取材极为广泛。古人与今人，正史与野史，故事与小品，名家与俚俗，赏析与评点，歧义与定论，无不涉及，博采众长，择善而从。本书在导读方面主要下了两方面工夫：一是对作者本人、时代背景以及原诗（词）作全面介绍，材料虽多，但"形散神不散"；二是以名句为旨，从引用、对比、解剖、赏析、评点、格律、语言运用和社会影响等方面入手，进行全方位、立体化的深入解读，常常在深度分析中迸发出新的思想火花，提出独到见解，将读者引入深邃意境。本书在结构上采用一句一文、一题一旨的方式，分则独立成篇，合则自成体系，叙述、描写、议论、抒情穿插使用，多姿多彩，富于变化。在很多篇章中我们都能感受到散文议论的"理趣"和杂文运笔的"机锋"。

能将自己毕生读诗（词）的心得以这种方式与读者分享，是家父晚年一大心愿。他曾多次跟我提及，要领略唐诗宋词的真谛和神髓，就得原原本本地读，纵横交错地品，最大限度地走近原著和作者，以期在赏心悦目中进入杏花春雨般的美妙境界。面对此书，您若是正襟危坐认真"拜读"，老爷子自是乐不可支；您若只是在闲暇时随手翻上一两篇，老爷子也会心满意足。因为也许就在那不经意间，这世上又多了一位视唐诗宋词为珍宝的人，会在以后的岁月里用心灵、用一生去读、去守望。

《唐诗深度导读》与《唐宋词深度导读》虽分为两册，实为一体，故合为一序。最后，谨遵家父之命还得写下以下的文字：年事已高，力有不逮，故舛误、疏漏在所难免，倘得方家和读者指出，则幸甚幸甚！

丁　瑜

壬辰年仲春于无锡

目录

一

红 杏 出 墙

——日出江花红胜火　春来江水绿如蓝

三

兰 桂 齐 芬

——稻花香里说丰年　听取蛙声一片

一 红杏出墙

——日出江花红胜火　春来江水绿如蓝

暝色入高楼　有人楼上愁

——何事黄昏独自愁

菩萨蛮　　　李白

平林漠漠烟如织，寒山一带伤心碧。暝色入高楼，有人楼上愁。

玉阶空伫立，宿鸟归飞急。何处是归程，长亭更短亭。

欣赏唐、宋词名句，无法绕过李白的《菩萨蛮·平林漠漠烟如织》。自宋人黄昇起至清人陈廷焯、王国维，不同时代的词家、论者都异口同声地称该词为“百代词曲之祖”。数典岂能忘祖？然而当我翻了一下《唐宋词鉴赏辞典》中的《名句索引》后，直愣了半天。“平林漠漠烟如织，寒山一带伤心碧”是名句，“暝色入高楼，有人楼上愁”是名句，“玉阶空伫立，宿鸟归飞急”也是名句，“何处是归程，长亭更短亭”还是名句。天啊，哪有一首早期词句句是警策，全都是名句的？还真有，李白的《菩萨蛮·平林漠漠烟如织》便是。这样一来，要了解该词的全貌反倒简单了，把以上名句缀成一气就行了。

该词有两大公案历来聚讼不断。一是作者是谁，二是词的内容是“思妇怀远”还是“游子思归”。关于作者，早在明代，胡应麟就在《少室山房笔丛》卷四十一中提出质疑，认为以李白之为人、个性、诗风，必鄙而不屑为此等词；从意调看，倒像是温庭筠的风格，并断言"盖晚唐人词，嫁名太白"。此后数百年，"主伪""主真"两派争论不休，但迄今无定论。在拿不出确凿证据来推翻旧说时，人们只得将此词的著作权归李白。关于后者，大多认为该词是羁旅行役者的思归之作，但也有不少人从词的情景设置出发，认为是思妇的眺远怀人之作。其实从词的内容看，我们根本无法看清主人公的基本面貌。"伤心"者是男是女？为何伤心？"有人楼上愁"，这人是闺中少妇还是客中游子？"空伫立"，是在自家的台阶上还是馆驿之台阶？模糊产生悬念，悬念发人遐想。但从欣赏的角度看，须明确谁是作品的主人公，以免一时意繁，乱了方寸。这里姑且认定是一位思妇。"有人楼上愁"是作者的口吻，句中之"人"是个女性，一位凝睇含愁的闺中少妇。

落日收起了它的最后一道余晖，平林笼罩在一片暮霭中，凝涩的碧色，分外让人伤心让人愁。这位少妇为何而愁？作者没有明言，但联系下片的"长亭更短亭"看，她分明是在思念远方的游子。这一安排给读者留下了骋目远怀的巨大想象空间。日暮了，鸟儿都归林了，他在何处？在旅途奔波，还是已驻店歇息？天凉了，随身带的那点衣服是否能抵御风寒？分别这么多日子，我无时无刻不在思念他，茶饭不思，夜不能寐，他是否也像我一样经受着相思的煎熬？我在这里独守闺房，守身如玉，可外面的世界很精彩，他会不会顾盼路边的野花？爱情是温馨的，新婚是甜蜜的，我们什么时候才能重温那一段美好时光？我日日煮酒烹茗，扫榻以待，可是日复一日，迎来的总是这孤独的黄昏，无边的夜色。想象的色彩是丰富的、多元的，可冷酷的现实却是一律的，就一个字："愁"。

一个“入”字，妙不可言，抵得上小说家的一大段铺陈描写、细腻刻画。它既体现了黄昏景色由“明”而“晦”的无所不在的特点，又反映了转瞬即逝的微妙的变化过程。作者还巧妙地通过“入”字把这种变化引向高楼，引入室内。暝色像一位体态轻盈的妙龄少女，蹑手蹑脚、凝神屏息，不知不觉就从户外进入室内，站到了你身后，你还浑然不觉。

句中的“高楼”，使人很自然地将它与闺怨、离愁、怀乡、孤独、惆怅等联系起来。只缘“高楼”在古体诗词中已定格为一种固定的意象，如同“烽火”“飞雁”分别是“战争”“思乡”的代名词一样。“闺中少妇不知愁，春日凝妆上翠楼”（王昌龄《闺怨》），“恨到归时方始休，月明人倚楼”（白居易《长相思》），“梳洗罢，独倚望江楼”（温庭筠《望江南》）等便是这类典型意象的早期代表，但都晚于李白。如果此篇确系李白所作，则不惟篇是“百代词曲之祖”，而且句亦是“百代名句之祖”了。

本篇在情景的处理上也独具一格。宋词上片写景、下片抒情，几成固定模式。本篇却情景兼容，浑然一体，读后让人眼睛一亮。

作者小传

李白（701—762），字太白，唐代大诗人。祖籍陇西成纪（今甘肃秦安东）。幼随父迁绵州昌隆（今四川江油）青莲乡。天宝初供奉翰林。安史之乱中为永王璘幕僚，璘败被流放夜郎。遇赦东还，卒于当涂。有《李太白集》。

青箬笠　绿蓑衣　斜风细雨不须归

——“天人合一”的和谐图

渔歌子　　张志和

西塞山前白鹭飞，桃花流水鳜鱼肥。青箬笠，绿蓑衣，斜风细雨不须归。

此词通过对淡雅柔和的江南山水的描写，表现作者冲淡高远的情怀。张志和不同于那些走“终南捷径”“待价而沽”的隐士，他是一位绝意仕途、用整个身心拥抱山水的真隐士。唯心态平和、心绪宁静者能写出此等脱俗之词。

曹丕在《典论·论文》里说：“年寿有时而尽，荣乐止乎其身。二者必至之常期，未若文章之无穷。”以一首词传世而“无穷”而“不朽”的，张志和应该算一个。别看这首小词很短，却倾倒了中国古代文坛一大批风流儒雅之士。颜真卿、柳宗元等人竞相附和，计有二十五首和作；苏东坡、黄庭坚曾在自己的作品中化用《渔歌子》词意。此词漂洋过海，还倾倒了东瀛的一位大人物——天皇嵯峨，嵯峨和了五首，从内容到形式都追求与该词“毕肖”和“神似”。一时公主、大臣竞相效仿，开启了日本人填词的新时代。

张志和曾在唐肃宗时待诏翰林，因事遭贬，遇赦后绝意仕途，朝廷赐奴、婢各一，他将二人配为夫妇，取名“渔童”“樵青”。此后便隐居江湖，徜徉山水，自号烟波钓徒、玄真子。史载，他“每垂钓，不设饵，志不在鱼也。”“志不在鱼”在什么？“在乎山水之间也”，在乎拥抱山水、融入自然、物我双会、天人合一也。

组诗《渔歌子》亦作《渔父》，共五首，佳句有“枫叶落，荻花干，醉宿渔舟不觉寒”，写秋天湖山风光；“江上雪，浦边风，笑著荷衣不叹穷”，写隐居生活的清贫；“青草湖中月正圆，巴陵渔父棹歌还”，抒渔舟唱晚的闲适情怀。此数句都不如“青箬笠，绿蓑衣，斜风细雨不须归”，后者意境典型、语言清新、寄情高蹈。

张志和是位词人，也是一位丹青高手。他用文笔填词，用画笔绘画。现在他既用文笔又用画笔，为我们描绘了一幅泼墨写意的烟雨垂钓图。画面中风、雨、山、水、鹭、鱼、花、人互相烘托，交相辉映。尺幅之中包含了诸多元素，寥寥二十七字竟有如此大容量，且举重若轻，让人叹为观止。画面是动态空间的刹那凝固，静中有动：细雨蒙蒙，湖风轻拂；白鹭在西塞山前悠然地飞翔；桃花盛开，偶有花瓣飘落水面，随波漂流；体色微黄、细鳞大口、肉质鲜美的鳜鱼不时地跃出水面；戴着青色箬笠、披着绿色蓑衣的渔翁正凝神垂钓——早该收竿回家了，可烟雨迷人、鱼汛醉人，他已忘了时辰。画面的空间是立体的，高低远近各不同。“西塞”是远山，“流水”是近水；白鹭飞时显其高，鳜鱼跃处是为低，这清空和谐的意境，处处寄托着作者高远的襟抱、脱俗的情趣。画面的色彩美不胜收：山是青的，水是绿的，鹭鸟洁白，桃花粉红，鳜鱼微黄，箬笠深青，蓑衣浅绿。一眼望去，让人赏心悦目。

茅盾先生有言，人是风景的构成者，“没有了人还有什么风景可以称道？”（《风景谈》）现在我们要专门来讨论这“风景”中的“人”了。这位一身钓装的垂钓者为何如此专注？画面清晰地告诉我们,他在流连光景。"江南春雨杏花",这是一年中最迷人的季节。远山如黛,鸢飞鱼跃,烟雨空濛,花飞水流。渔人正置身画面中,做"画中人"的感觉太好了!"不须归"的又一原因是他要抓紧时间多钓几条鳜鱼。这个季节的鳜鱼肉肥味美,清蒸、红烧两相宜。自家吃可大快朵颐,拿到市上卖也能卖个好价钱。以上两点还不是最重要的,最重要的是我们感受到了"烟波钓徒"的人生寄托:寄情山水,恬淡闲适,无思无虑,超凡脱俗。真隐士便当如此,从心所欲,不觉时光消逝;忘乎所以,不知老之将至。我们从这个艺术形象中真切地看到了作者的身影,触摸到了张志和所追求的生存状态。

没有矛盾,没有纷争,不竭泽而渔,不过度开发;远山近水是人类赖以生存的环境,虫鱼鸟兽是我们的亲密朋友。"物"与"我","天"与"人",大自然与人类社会,共处共荣,和谐统一,这不正是我们梦寐以求的目标吗?

作者小传

张志和(约730—810),初名龟龄,字子同,婺州金华(今属浙江)人。年十六,举明经。唐肃宗时待诏翰林。后隐居江湖,自号烟波钓徒,又号玄真子。词存《渔父》五首。著有《玄真子》。

日出江花红胜火　春来江水绿如蓝

——一曲江南水乡的赞歌

忆江南　　　白居易

江南好，风景旧曾谙。日出江花红胜火，春来江水绿如蓝，能不忆江南？

《忆江南》，亦作《梦江南》《望江南》《望江梅》《谢秋娘》。词牌是词的乐曲的调名，一般说来，词牌与词题，亦即词的内容，并无直接联系。但白居易的《忆江南》属即事名篇，二者完全一致，忆江南水乡美景，抒留恋、热爱之情。

元和年间，诗人因直言敢谏而得罪权贵，曾被贬江州。长庆初为远祸全身，求放外任。他很幸运，长庆二年(822)七月，诏除杭州刺史。杭州与苏州同为江南秀丽之地，素有“上有天堂，下有苏杭”之美誉。诗人在杭州任上也相对有闲暇放松身心。他经常流连湖光山色，与朋友、知己谈禅、听歌、观舞、咏诗，留下了一生中最美好的回忆。长庆四年(824)任满离杭。宝历元年(825)三月除苏州刺史，不满一年因眼疾去职，回洛阳。作者于开成三年(838)六十六岁时作此词，此时距最后离开江南已十四年。所以，用词牌中的“忆”射江南的美景与旧游，再恰当不过了。

组词《忆江南》计三首，题中名句出自其第一首，词以“旧曾谙”起，以“忆江南”终，紧扣一“忆”字；中间两句集中笔墨写江水，色彩鲜明、绚丽，美不胜收，令人难忘。

全词只二十七字。“江南好”，劈头下断语，领起下文。作者早年就游过江南，后又在苏、杭为官，对江南风光早就了然于心，故下一“谙”字。“日出”两句具体申足“谙”字，用概述性的文字描写江南的典型意象“江花”与“春水”。结拍以问句呼应开头的“江南好”，如此美景，怎能不勾起对江南的回忆呢？

水是江南景色的基本要素。大至烟波浩渺的太湖，水面三万六千顷，小至穿城而过的水道、河浜，一眼可望到尽处；壮观者有动人心魄的钱塘江潮，闲雅者有长年不息的山涧溪水，千姿百态，风情万种。作者敏感地意识到了这一点，抓住“水”字大做文章。“日出江花红胜火”，红彤彤的朝阳把江面浪花映照得比火还红。或说“江花”是指江岸边之花，花儿娇艳，经旭日一照，比火焰还红。窃以为此说不如前者好。盖因此两句是着眼于江南的水。前一句写早晨江上浪花的红，后一句写春天江水的蓝。既然是写江水，忽又旁逸至江岸的花，似乎不合情理。“春来江水绿如蓝”中的“蓝”亦有两说：一是指蓝颜色；一是指蓝草——提取靛青的蓼蓝，即“青出于蓝”的“蓝”。笔者以为解作“蓼蓝”较为妥帖。因为“绿如蓝”是个比喻，而比喻是不能说“这一颜色像那一颜色”的，喻体应该是颜色以外的某种实物。故此句可解作：深绿的江水绿得像制作靛青的蓼蓝。

这是一幅生机勃发、洋溢着活泼泼的生命朝气的江南春景图。它是江南特有的，是北方绝无的。我们不妨来看看白居易笔下洛阳早春的景象：“花寒懒发鸟慵啼，信马闲行到日西。何处未春先有思，柳条无力魏王堤。”（《魏王堤》）江南已经春潮澎湃、花满枝头、莺歌燕舞，洛阳的花儿还未睁眼，鸟儿尚懒得啼叫，柳条有气无力地透出一点绿意，没有一丝春的气息。这该是作者特别怀念江南的原因吧。

名句调动比喻、夸张、互文见义等手法将耀人眼目的绚丽色彩呈现于读者面前。“红胜火”“绿如蓝”，前者用暗喻，后者用明喻。“红胜火”，比“红如火”的程度更深，显然有夸张的意味。用一“胜”字，避免重复，又使对偶工整，读来朗朗上口。“日出”与“春来”互文，词意前后贯通，富于变化。

名句的语言风格亦如白居易的其他短制诗词，通俗易懂，明白如话，清新活泼。对照他的《长相思》来欣赏，便更易显其特色：“汴水流，泗水流，流到瓜洲古渡头，吴山点点愁。思悠悠，恨悠悠，恨到归时方始休，月明人倚楼。”这类诗节奏明快，文字流畅，若行云流水；老妪皆解，易诵易记，如儿歌民谣，读两遍闭上眼就能背诵。

作者小传

白居易(772—846)，字乐天。其先太原人，后迁下邽(今陕西渭南东北)。贞元进士，官至刑部尚书。倡新乐府运动，诗与元稹齐名，通俗易懂。有《白氏长庆集》。

过尽千帆皆不是　斜晖脉脉水悠悠　肠断白蘋洲

——竟日凝睇空生愁

望江南　　温庭筠

梳洗罢，独倚望江楼。过尽千帆皆不是，斜晖脉脉水悠悠。肠断白蘋洲。

温庭筠所处时代，文学已基本告别高唱入云的盛唐气象，由“马上”转入闺房。以浓艳香软之笔描写女性生活，用婉曲、细腻的笔触刻画其心境，成了词的一道颇具特色的亮丽风景。温庭筠的词是这方面的代表，情意缠绵，词句工丽，开花间派先声。但这首《望江南》却是另一种风格，清空疏朗，让人爱不释手。

这首小令只有短短的二十七字，容量却大得惊人。它从清晨登楼望夫归直写到黄昏肠断白蘋洲，将思妇由企盼到失望直至断肠的全过程刻画得惟妙惟肖。后一句句意层层进逼，道尽思妇的孤凄、忧伤和愁肠百结，有一唱三叹之妙。

清晨，女主人公对镜梳妆打扮，精心修饰，每一个细节都特别讲究。为何这般投入？非缘他故，“女为悦己者容”也。为的是恋人一旦乘舟归来，能在江边盛装迎迓。“独倚望江楼”中的“独”字意味深长。一者暗示她空守闺房，无人相伴，正在经历着朱淑真式的“独行独坐,独倡独酬还独卧”(《减字木兰花·春怨》)的感情煎熬;二者渲染环境的空远寂寥,心境的空虚、落寞。她又一次登上了望江楼,痴痴地远眺江面的过帆,从清晨到黄昏,无数船帆驶过,竟未见恋人的归舟。含情凝视的夕阳仿佛正向她挥手告别;江面空阔,江水无语东流,毫不理解她的失望与伤感。就这样,她日复一日,望穿秋水,热切的企盼一次次地化为泡影,面对江水过帆,情何以堪! 女主人公的精神几近崩溃,她在苍茫暮色中最后瞥了一眼令人伤心断肠的江心小洲——白蘋洲。

名句在以下三方面颇具特色:

一是意象在概括中含精细。古代思远盼归的诗词名句很多,如唐韦应物的“闻道欲来相问讯,西楼望月几回圆”(《寄李儋元锡》),苏轼的“去年相送,余杭门外,飞雪似杨花;今年春尽,杨花似雪,犹不见还家”(《少年游》),柳永的“想佳人、妆楼颙望,误几回、天际识归舟”(《八声甘州》)等,莫不脍炙人口,广为流传。温句与这些名句比不仅毫不逊色,还有其过人之处。凝练、含蓄便是其中之一。作者写思妇的盼归只七个字:“过尽千帆皆不是”,概括性极强。从时间上看,概括了整个白昼,起于清晨登楼,讫于“斜晖脉脉”的黄昏。写眼前景则锁定船帆。“千帆”,极言其多;“过尽”,写无一遗漏。但这凝练的概括中又包含着许多发人遐想的细节和微妙的心理活动。我们仿佛看到女主人公伫立楼头数着江面驶过的一艘艘船只,每当一艘船驶近时她就怦然心动,心想:他不会就在这艘船上吧? 可是这船并不泊岸,径直远去,她失望了。她还可能在心里默数着远去的船只,一天下来,神昏意怠。当她数完最后一只船时,便将竟日的伫立凝望作了总结:“过尽千帆皆不是”,这一天又白等白望了。

二是看似对立的东西统一于女主人公的心境。“斜晖脉脉水悠悠”,夕阳的余晖满含深情地注视着这个忧伤自怜的思妇,在夜幕降临前投去温馨怜悯的一瞥。可流水就不一样了。流水本是无情物,人们不是都在说“落花有意,流水无情”吗?你看这眼前空阔的江面,水流从容不迫,缓缓流淌,女主人公的内心正在激起怎样的涟漪它才不管呢!正所谓“斜晖脉脉”解人意,江水“悠悠”终无情。“悠悠”江水还增添了她的忧虑和恐惧:他久久不归,该不会在外另有新欢,要将我抛弃?这种看似对立的景观在人物的内心情感上得到了统一。

三是“断肠”之情因“白蘋洲”而得以深化。“白蘋洲”原是伤心断肠的分手处。唐人赵徵明在《思妇》中写道:“犹疑望可见,日日上高楼。惟见分手处,白蘋满芳洲。”无疑,这一意象在这里得到了强化。说不定这眼前开满蘋花的江心小洲就是他们当初分手之地。果真如此,便是雪上加霜,这位可怜的少妇真是太不幸了!

短短十九个字,便将眼前之景、活动场面、人物心理融为一体,由倚楼而望转向空阔的江面,最后落到无声无息的白蘋洲,人物由喜而忧而悲,随着场景转换而心情跌宕起伏,此等巧思,除了温飞卿,谁人能够?

作者小传

温庭筠(?—866),字飞卿,太原(今属山西)人。才思敏捷,仕途不得意。曾任国子助教、方城尉。词风秾艳缠绵,开花间派先声。词存《花间集》《全奁集》中。

风乍起　吹皱一池春水

——细波微纹达心灵

谒金门　冯延巳

风乍起，吹皱一池春水。闲引鸳鸯香径里，手挼红杏蕊。

斗鸭阑干独倚，碧玉搔头斜坠。终日望君君不至，举头闻鹊喜。

《谒金门》是冯延巳的代表作，我们可以将该词当做一般的闺情词欣赏，也可以作为宫怨词看待。词中“风乍起”句脍炙人口，被人引申、转移，广泛引用。

“冯正中词虽不失五代风格，而堂庑特大，开北宋一代风气。”这是王国维在《人间词话》里对冯延巳的评价，肯定他上自五代下讫北宋的承前启后的地位。句中“堂庑特大”很值得注意。堂，堂屋，正房；庑，正房对面和两侧的房子。显然，王国维是将冯延巳的作品比作气象恢弘、规模巨大的建筑群。“堂庑特大”究竟是何等气象？香港学者饶宗颐的一句话可帮助我们理解：“余诵正中词，觉有一股莽莽苍苍之气。”（《人间词话评议》）“莽莽苍苍之气”，庶几近之。

给人客观的美感享受，给读者驰骋想象的空间，情景高度糅合而自成风格，是“堂庑特大”的题中应有之义。

从词的内容看，女主人公应该是一位身份高贵、感情细腻的思妇，她独守深闺，孤独寂寞，百无聊赖。

“风乍起，吹皱一池春水。”开篇就吸人眼球，吊足了读者的胃口。树梢纹丝不动，池水波澜不惊。骤然间，风起青蘋之末，行于水上，泛起道道涟漪。此等景色，人皆经历过，唯冯延巳能道人之所未道，发人之所不能发。可以说，是“乍”与“皱”的炼字之功铸就了这一警策。“乍”，刻画出了风来得突然、骤然，毫无征兆，掠过水面，即行即止。虽来得突然，但风力不大，作者用“皱”形容微波细纹，不仅形象，而且贴切。

“风乍起，吹皱一池春水”，女主人公的内心再也无法平静了。诗云：“野有死麕，白茅包之。有女怀春，吉士诱之。”后两句余冠英先生把它译为：“姑娘啊心儿动了，小伙子把她来撩。”（《诗经·野有死麕》）不过我们的女主人公远没有《诗经》中的姑娘那么幸运，后者与狩猎的青年一见钟情，前者却只能竟日丧魂落魄、胡思乱想。

既然首句象征少女怀春，那么李璟与冯延巳那段有关这个名句的君臣对话便不难理解了。据《南唐书·党与传下》记载：“延巳有‘风乍起，吹皱一池春水’之句……元宗（李璟）尝戏延巳曰：‘吹皱一池春水，干卿何事？’延巳曰：‘未如陛下“小楼吹彻玉笙寒”。’元宗悦。”李璟是词之高手，“吹皱一池春水”的隐性密码瞒不过他的慧眼，所以他要问：“吹皱一池春水，干卿何事？”真是的，人家怀春，有你什么事？问题的关键是女主人公的身份。如果是一般贵妇，那么这一段对话便纯属君臣间的诙谐调侃，一场高雅的感情游戏；如果女主人公是元帝李璟宫中娥嫔，那么李璟此问显然是表达了不快和一丝嗔怒。笑话，我宫中女子怀春不怀春，与你有什么关系？多管闲事！

名句的细致、细腻、体物入微的特点丝丝入扣，贯穿全词。女主人公的心境如风行水上，轻轻掠过后便复归平静，转入慵懒、闲散和百无聊赖。“闲引鸳鸯香径里，手挼红杏蕊。”在铺满鲜花的池边小径引逗戏水的鸳鸯，羡慕它们的悠闲自在、成双作对。再想想自己却如此孤独和落寞，想着想着便下意识地、不知不觉地将手里的杏花揉碎了。她又来到斗鸭阑干旁，独倚阑干，无情无绪地看那水中鸭子相斗。鸳鸯戏水固然无法驱散她内心的郁闷、惆怅，鸭子相斗也丝毫提不起她的精神。她呆呆地、心不在焉地望着，以致插在松散的发间的碧玉簪将要坠落也浑然不觉。“手挼红杏蕊”，“碧玉搔头斜坠”，反映了女主人公内心的不平静，正与名句中的“起”“皱”相呼应，相表里。

结句峰回路转，喜鹊给这位终日闲愁苦闷的少女捎来了喜讯。但喜鹊的鸣叫能作数么？只有天知道！

俞陛云评冯延巳的名句为“写景句含婉转之情，写情句带凄清之景”（《唐五代两宋词选释》）。诚哉斯言！

作者小传

冯延巳（约 903—960），字正中，广陵（今江苏扬州）人。南唐派重要词人。与中主李璟游处，两度入相，罢为太子少傅。词与温庭筠、韦庄齐名。

细雨梦回鸡塞远　小楼吹彻玉笙寒

——梦醒时分的“凄美”

山花子　李璟

菡萏香消翠叶残，西风愁起绿波间。还与韶光共憔悴，不堪看。

细雨梦回鸡塞远，小楼吹彻玉笙寒。多少泪珠何限恨，倚阑干。

南唐中主李璟存词仅四首，质量却非常高，尤以《山花子》（亦作《摊破浣溪沙》）最著声名。

本词的最大特色是情景交融，由西风愁起、菡萏香消、韶光憔悴过渡到女主人公的思亲怀远。其中“细雨梦回鸡塞远，小楼吹彻玉笙寒”构思独特、精巧，意境幽远、凄迷，向来被人推崇。

词的上片紧扣秋的肃杀、凄清的时令特点，写荷的香消叶残，憔悴而“不堪看”。西风萧瑟，草木凋零，“出淤泥而不染”的荷也难逃厄运。花谢了，香消了，叶萎了，茎枯了，无比珍贵的花季年华消逝了。西风掠过水面，令荷愁，也让人愁。满塘衰败的景象，让人不忍心正面瞅它一眼。下片巧妙地用“梦”把“细雨”与“小楼”、“鸡塞”与“玉笙”等意象绾合成结，最后一锤定音，以“多少珠泪何限恨，倚阑干”终响。

关于此词的名句，由于欣赏角度和审美情趣不同，向来见仁见智，说法不一。王国维特别欣赏“菡萏香消翠叶残，西风愁起绿波间”，认为此二句大有《离骚》“众芳芜秽，美人迟暮之感”（《人间词话》）；清人陈廷焯则看好“还与韶光共憔悴，不堪看”，说此二句“沉之至，郁之至，凄然欲绝，后主虽善言情，卒不能出其右也”（《白雨斋词话》卷一）。当代著名宋词专家唐圭璋先生则特别推崇“不堪看”三字，说此三字“笔力千钧”，与李易安的“人比黄花瘦”比，二者有“仙凡之别”。上述古今学者不约而同地将本词之句与素有定评的大家之名句作比较，为我们从不同方向打开了欣赏本词的窗扉。

现在来说“细雨梦回鸡塞远，小楼吹彻玉笙寒”。“鸡塞”是“鸡鹿山”的简称，地处今陕西横山西。语出《汉书·匈奴传下》，后世文学作品中多以“鸡塞”代指边塞远戍之地。

对此句中人物活动的理解颇多歧见。一种理解是分别写征夫和思妇，即征夫梦回，思妇吹笙。第二种理解是两句均写思妇，前一句是思妇设想征夫在细雨蒙蒙的夜晚做了一个回乡梦，后一句写自己彻夜吹笙，寒气袭人。第三种理解是都写思妇，“细雨”句是思妇梦中到了鸡塞。叶嘉莹女士认为第三说为胜，笔者深以为然。倘若“梦回”的主体是征夫，则不仅词意显得突兀，而且与上片的景物描写完全脱节，边塞乃荒漠之地，何来菡萏？说思妇设想丈夫做了还乡梦，则未免牵强，更何况这种“弯弯绕”式的表达，向来为简明短制的诗词所不取。

该句的词意为：白天，菡萏香消玉殒太让人伤感、沮丧和无奈，但入夜我们的女主人公却做了一个美梦。梦中她去了鸡塞，见到了魂牵梦绕的夫君。但鸡塞过于遥远，冷雨敲窗，打碎了她温馨的梦。梦醒时分一片漆黑，一片空寂，她再也无法入眠，于是起身倚楼，将一腔深情寄托在玉笙上。笙音如泣如诉，不绝如缕,打破寒夜的寂静,呜呜咽咽到黎明。在这里,时与地、人与物、情与景融为一体,主线单一却又不乏纡曲细腻,将女主人公的悲婉深情推向了极致。

清人许昂霄在《词综偶评》中提醒我们道:"'细雨'二句合看,乃愈见美妙。"窃以为妙就妙在前后强烈的反差所形成的审美效果。一在天边,一在眼前;一为梦境,一为现实;一者着眼于夫君,一者立足于自身。它像一个多棱镜,从不同侧面折射出思妇的凄凉处境与说不尽的怨苦。

警句属凄美型。李璟曾戏言冯延巳,说:"'吹皱一池春水'干卿何事?"(句出冯之《谒金门》,喻临池怀春或宫怨)冯回曰:"未如陛下'小楼吹彻玉笙寒'。"君臣二人于国难当头时不思御敌自保,却借情调侃,醉心于填词炼句,实足的亡国之音。

王安石认为此句胜于李煜的"一江春水向东流"(胡仔《苕溪渔隐丛话》),原因可能是后主过于直露,而乃父李璟在表现巨大哀痛时能有所节制,写得含蓄而深婉。

作者小传

李璟(916—961),字伯玉,徐州人,一说湖州人,南唐中主。存词仅四首,见于《南唐二主词》。

问君能有几多愁　恰似一江春水向东流

——亡国之音哀以思

虞美人　　李煜

春花秋月何时了，往事知多少？小楼昨夜又东风，故国不堪回首月明中。

雕栏玉砌应犹在，只是朱颜改。问君能有几多愁，恰似一江春水向东流。

李煜（李后主）自幼“生于深宫之中，长于妇人之手”（王国维《人间词话》）。作为一个国君，在治国理政方面他乏善可陈，甚至应该以“昏庸”目之。史载，他“性骄侈，好声色，又喜浮图，为高谈，不恤政事”（欧阳修《南唐世家》）。被俘前，偏安一隅，日夜穷奢极侈，纵情享乐，有时还挖空心思，变着法子寻求感官刺激。但李煜的文化素养很高，他博通经史，洞晓音律，填词更是一流高手。只可惜，这么一个具有艺术气质和文学天赋的人却生在帝王家，不幸成了亡国之君、阶下之囚，终日过着以泪洗面的日子。后人有诗叹曰：“作个才人真绝代，可怜薄命作君王。”（郭麐《南唐杂咏》）

如果说中主李璟的“小楼吹彻玉笙寒”属“亡国之音”但尚无切肤之痛的话，那么后主李煜的《虞美人》便是货真价实的亡国之音了。“亡国之音哀以思”,李煜不再像《相见欢》中“林花谢了春红”那样隐晦,而是一泻胸臆,把亡国之愁抒到了极致。

相传后主生于七月七日。被俘后过生日那天,他命故伎作乐,唱这首《虞美人》词。宋太宗知道后大怒,命人送去牵机药,将他毒死。可怜后主一生爱词,最后竟以身殉词。这首惊天地、泣鬼神的词是以生命为代价,和着血泪写成的,是他的绝命词。

法国著名作家缪塞在《五月夜》里写道:最美丽的诗歌是最绝望的诗歌,有些不朽的篇章是纯粹的眼泪。评价后主的《虞美人》及其名句,没有比缪塞的评论更确切的了。《虞美人》是一首“最绝望的诗歌”,“问君能有几多愁,恰似一江春水向东流”,是“纯粹的眼泪”。

全词充满故国之思与亡国之痛的悲怆。开头以劈空而下的奇语起笔,犹如屈大夫之《天问》。“春花秋月何时了?”“何时了”特别值得注意。景色的变化,节令的更替,乃是大自然周而复始的规律。面对正常而又美好的景象,作者却希望它早点完结,早点终了。他完全绝望了,希望这种痛苦难挨的岁月、屈辱的人生能早点结束。叶嘉莹女士更认为,此句写出了人类对宇宙的永恒与无常的两种状态的无奈和悲哀。下句“往事知多少”,过渡到社会人生。其中包含对往日豪侈享乐生活的“美好回忆”,也有亡国后的反思,对逼死大臣、毒杀大将的追悔。接下来几句怀念皎洁月光下的故国,“不堪”一词浓缩了无法承受的痛苦。他想象金陵的宫阙、雕栏玉阶应该依然如故,只是当年生活其中的人物已失去了昔日美好的容颜与风采,物是人非啊!结句总括全篇,掀起了巨大的感情波澜。似乎有那么一位一直关注他的朋友,实在不忍心看着他这般愁苦,究诘他“能有几多愁”,词人回答道:“我的愁苦就像春季滚滚东逝的江水一样,不舍昼夜!”

结句是全篇感情的总爆发。把无形的“愁”形象地比喻为“江水”。大江浩浩汤汤，一泻千里，尤其在春季，流域内雨水充沛，江流水位高涨，更是汹涌澎湃。江水的另一特点是万古长流，绵绵不绝，从秋流到冬，从春流到夏。李煜说，他的愁有江水那么多，有江流那么长，像江流那样永无休止。宋太宗之所以震怒而起杀心，恐怕跟这个比喻有关。

起句以两问开篇，缓缓而起，文意偏“虚”，结句一问一答，奔涌浩荡，内容实在。首尾各尽其妙又互相照应，见得作者结构安排的匠心独运。

王国维在《人间词话》里说：“唐五代之词，有句而无篇。南宋名家之词，有篇而无句。有篇有句，惟李后主降宋后之作及永叔、子瞻、少游、美成、稼轩数人而已。”诚然，本篇主旨明朗，一气盘旋，结构完整，首尾照应，是罕见的艺术整体。如此说来，“问君”句便是名篇之名句了。

试问，如果没有那两年零七个月的阶下囚屈辱的人生经历和体验，他能写出这样的千古名句吗？清代评论家赵翼有云：“国家不幸诗家幸，赋到沧桑句便工。”（《题遗山诗》）因亡国而吟得名句，后主是幸也，抑不幸耶？

作者小传

李煜（937—978），字重光，南唐后主。降宋后封“违命侯”，被毒死。前期词多描写宫廷享乐生活，后期词多抒亡国痛苦和对帝王生活的怀念。代表作有《虞美人·春花秋月何时了》《相见欢·林花谢了春红》等。有《南唐二主词》。

自是人生长恨水长东
——一语囊括万古愁

相见欢　　李煜

林花谢了春红，太匆匆。无奈朝来寒雨晚来风。

胭脂泪，留人醉，几时重？自是人生长恨水长东！

后主这首《相见欢》，从字面看，浅白、率直，如同一杯白开水，没有什么可资咀嚼回味的东西。但如果稍加留意便会发现，词的结句“人生长恨水长东”与前面的春残春暮的景物描写很不相称。伤春、惜春须这样动感情，发这等浩叹，寄如此深慨吗？说明这首《相见欢》非等闲咏花褪红残之作。如果联系他的人生遭际和深沉寄慨来欣赏，借用周汝昌先生的话来说，便是“质具千钧，情同一恸”（《唐宋词鉴赏词典》），浓得化不开，深得不见底。

该词作于后主被俘后。他由高居于庙堂之上的一国之君，而“一旦归为臣虏”（李煜《破阵子》），沦为阶下之囚；由锦衣玉食、铺张豪华的君王生活一下子跌到连草民百姓都不如的人生低谷；由生杀予夺、颐指气使的“君临天下”，转眼间就变为被挪揄、讥讽的“违命侯”。前后差别，不啻霄壤！人格、自由、尊严、脸面，丧失殆尽。主宰他命运的锋利的刀刃和一块冷冰冰的砧板操在别人手里，他便是任人宰割的鱼和肉。由这么一个主儿来写暮春景象，抒花谢春残之情，岂是一般人的惜春、伤春？他心中有深愁大恨，此等愁、恨发而为词，凝为“人生长恨水长东”，乃实属必然。

上片勾勒花谢春残的景象及其外因。“林花谢了春红”，概写整个春色美景的消逝。“林花”，着眼于全局、整体，是大面积、一大片，非一株数花；“春红”，是春天最具代表性的意象，“红”是最具美感资质的色彩。众芳芜秽，芳华不驻，一切都转瞬即逝，作者发出了“太匆匆”的感慨。“无奈朝来寒雨晚来风”，揭示花谢的原因在于风雨的摧残。“无奈”反映了生命节律的残酷无情，也是对自己由帝王转而为阶下囚的人生角色转换的浩叹。下片开头化用杜诗《曲江对雨》中“林花著雨胭脂湿”之句，以“泪”代“湿”，将伤春的无限深情移入“林花”，让人陡生迷醉、凄惶之感。“几时重”，影射自身地位与处境，感叹天堂般的帝王生活从此一去不返！词意至此，水到渠成，作者终于按捺不住地呐喊：“自是人生长恨水长东！”

“人生长恨水长东”是“违命侯”李煜悲怆、凄婉、绝望的呼喊。人生之恨是什么形态？如何走向？作者用“水长东”来比喻。“水长东”是由中国大陆地质、地貌所决定的带有普遍性的水文现象。中国地势西高东低，大部分江河发源于西部，东流归大海。人生多恨，恰如江河行地、东流归海一样。这种大气的比喻一方面反映了他悲恨的无穷无尽、无休无止；另一方面也揭示了这一现象的规律性和普世意义，即不唯他李煜如此，大家都一样，所谓“人生不如意事常八九”是也。命途多舛，世事艰难，潦倒失意，懊恼悔恨，凡此人皆有之。结句中的“人生”告诉我们，深愁大恨的主体包括作者自己在内但又不止于作者，此处可看出后主思想的深邃和悲慨的深沉。

此句与他的《虞美人》中的“问君能有几多愁，恰似一江春水向东流”一样，均为成功运用比喻的范例。“恰似”句为明喻，本句为暗喻。暗喻之妙在于“喻”而不着痕迹，更加拉近了本体“人生长恨”与喻体“水长东”的距离，情致与效果要略胜一筹。

本句的另一特点是意象阔大。“人生”，不拘古今，无论官民，不分男女，概括了一切人的生命过程；“水长东”，既有江河行地的空间指向，又有“由此及彼”的时间考量，是个近乎“宇宙”的概念表述。如此阔大意象中的“恨”，自然是大而无垠、深不见底、无休无止，要之，“此恨绵绵无绝期”。

本句与上片歇拍之“无奈朝来寒雨晚来风”结构颇为相似，均采用了“叠字衔联”之法。“长恨”“长东”叠一“长”字，“朝来”“晚来”叠一“来”字，前后遥相呼应，异曲而同工，自有一番节律、声气之美。

后主之词，粗服乱头、浅语白描，但难掩其天生丽质、国色天香，此句是最好的例证。

剪不断　理还乱　是离愁
别是一般滋味在心头

——“乱我心者今日之日多烦忧”

相见欢　　李煜

无言独上西楼，月如钩。寂寞梧桐深院锁清秋。

剪不断，理还乱，是离愁，别是一般滋味在心头。

人生本自多愁，杜牧说，“假如三万六千日，半是悲哀半是愁”（《寓题》）；诗人的愁原本就多，秦观说，“便做春江多是泪，流不尽，许多愁”（《江城子》）；忧愁催人老，李白说，“白发三千丈，缘愁似个长”（《秋浦歌》）。用评价这些名句的文字来形容后主的“剪不断，理还乱，是离愁，别是一般滋味在心头”都不合适，因为后主笔下的离愁是立体的、多棱的，是涵盖深广、不可名状、难以言表、只能深藏心底的那一种。杜牧等人的名句虽然各领风骚，但他们未曾有过李煜式的亡家别国的惨痛经历，未曾经过李煜式的幽囚生活的情感体验，未曾像李煜那样深味过身处绝境的人生况味。简言之，后主有了一份“必不可解之情”，而后才有如此“必不可朽之诗”。（袁枚语）

词的上片勾勒了一幅幽独、凄苦的生活场景。“无言”，写其幽囚生活的孤独、寂寞；“独上”，写其繁华消尽，离群索居；“月如钩”，象征遭逢暌违的人生缺憾；“梧桐深院”，言其处境凄清、冷落。一个“锁”字最是让人揪心。重门封锁，禁锢其中，失去了人生最宝贵的“自由”。这是李煜早期幽囚生活场景的真实写照，阒寂、凄清、封闭、孤独，了无生趣。所以宋代黄昇评论此词时说：“此词最凄惋，所谓‘亡国之音哀以思’。”（《花庵词选》）

词的下片分两个层次。第一层是“剪不断，理还乱，是离愁”九个字，具体刻画离愁。

把无形的“离愁”用比喻使之形象化，这是古人常用的手法。如李白《横江词》中就有“横江欲渡风波恶，一水牵愁万里长”，把“愁”与“万里长江”相牵连；杜甫亦有“何人却忆穷愁日，日日愁随一线长”（《至日遣兴，奉寄北省旧阁老、两院故人二首》），说他冬至以后的愁思就像日影日日添长一线一样，日渐增多。看来他们的“愁”比较单一，容易表达。后主的“愁”要复杂多了，它不是简单的多与少的问题，难以用一般的比喻、夸张等手法来表现。它像丝缕一样盘绕、纠缠，再快的剪刀也剪不断；它不像一般的布帛，一剪就开，一剪就断，而是既坚且韧，剪刀休想剪开它。它又像无数根丝缕缠绕成的球，要想理出个头绪来，只能是越理越乱。此“愁”无法可解，无力可破，无计可施。不碰它还好，越碰越糟糕。不提它倒也罢了，一提它心里就烦躁。缘何如此？因为九字中包含了对往事的回忆，对现状的伤感，对未来的忧虑，这样的“愁”让人如何摆脱？

第二层是“别是一般滋味在心头”，写“愁”的另一特点。后主之“愁”牵扯面过于广大，难以说清是何滋味。就人生况味而言，有酸、甜、苦、辣、咸。单独一味易辨，混杂在一起是“五味杂陈”。“别是一般滋味”，那么究竟是一种什么样的滋味呢？——是不同于乡愁、离愁的超常滋味，是无比沉痛的亡国滋味，是帝王生活一去永不复返的绝望滋味。这种“愁滋味”只能藏在心头，不便直说。直说了就是对现状不满，传到最高当局耳里，一句话就能早日送他上黄泉路。

明人沈际飞特别欣赏“别是一般滋味在心头”，他在《草堂诗馀别集》里说：“七情所至，浅尝者说破，深尝者说不破。破之浅，不破之深。‘别是’句妙。”此句之妙就在于不说破。不说破便留下了广阔的想象空间。国破家亡的惨痛、哭别祖庙被迫北上的无奈、软禁幽囚的悲苦凄凉、瞻念前途的绝望，皆是“不破之深”的“深”处。

本篇又一次体现了后主“粗服乱头”的词风。全篇纯用口语，读来似脱口而出，有清水芙蓉之美，无修饰雕琢之痕。用简单的语言材料创造出如此丰富、深邃的艺术天地、不朽之名句，非后主这样的大牌高手，谁能有此腕力？

人人尽说江南好　游人只合江南老

——含藏不尽　气清而神远

菩萨蛮　　韦庄

人人尽说江南好，游人只合江南老。春水碧于天，画船听雨眠。

垆边人似月，皓腕凝霜雪。未老莫还乡，还乡须断肠。

韦庄是晚唐的重要词人，与温庭筠齐名。他的词注重主观抒情，多用白描手法，色彩清丽，语浅而情深。唐圭璋先生说："在唐五代词中，温韦两家是各具特色，且能开风气之先，他们的词对当时词坛作出了极为重要的贡献，对以后的词坛又起着深远的影响。可以说，在整个唐宋词的发展过程中，温韦两家所占的地位是极其重要而突出的。"(《唐宋词学论集》)唐先生的这个高度评价，对我们鉴赏韦庄的词作、欣赏他的名句，大有裨益。

韦庄年轻时曾游历江南，回京城应试时正值黄巢起义军攻破长安，兵燹使古老的长安满目疮痍，词中"未老莫还乡，还乡须断肠"，可能就是隐指这次鼎革之变。组词《菩萨蛮》系作者晚年寓居蜀中回忆旧游之作，计五首，该词为第二首。词以春水、画船、听雨的诗人以及当垆卖酒的娇娃等典型形象反映空灵秀逸的江南景观，表现了词人对江南旖旎风光和人情美的怀念；意境美不胜收，令人心驰神往，与白居易的《忆江南》异曲而同工。

“人人尽说江南好，游人只合江南老。”借别人之口，进行客观叙述，并未掺杂多少个人感情。“尽说”，众口一词，大家都那么说；“人人尽说”，意在强调，非冗词赘语。说什么呢？说“江南好”。“只合”，只该，只当。游人终老风景如画的江南，是一种福分。江南最好，其他地方，包括故乡，都不必提了！这是对中国传统的乡土观念的反挑。“越鸟巢南枝”，狐死首丘，叶落归根，不管故乡怎么贫瘠、荒凉、穷困，最后也要回归故乡。可是游子一到江南，便“观念更新”了。大家异口同声地说“游人只合江南老”，可见江南确实是好。

此句虽然没有接触具体的人、事、景物，但概括性强，是全词的主心骨，全篇之纲。

光看这一句，似乎有点空口说白话。江南究竟怎么个好法？果真有那么好吗？作者接着便条分缕析，着力描画。

首先是江南景色美。“春水碧于天，画船听雨眠。”江南最美的是水，江河湖汊，星罗棋布。水有灌溉之便，有舟楫之利，有充满诗意的欸乃桨声。《太湖美》不就是这么唱的吗？“太湖美，太湖美，美就美在太湖水。”一到春天，水是碧绿碧绿的，天是瓦蓝瓦蓝的，细看那水，比天还要蓝。其实众人的这一感受，大诗人白居易早就作了经典性的描绘：“春来江水绿如蓝。”此时如果身心彻底放松地躺在轻轻荡漾的画舫里，则更是妙不可言。“闲梦江南梅熟日，夜船吹笛雨潇潇。”（皇甫松《梦江南》）你该不会怀疑这是在做梦吧。置身春雨杏花的江南，便是神仙也要忘乎所以，不知今夕何夕了！

其次是人情美。“垆边人似月，皓腕凝霜雪。”垆，《后汉书·孔融传》注云，垆是四边累土为之的置酒瓮的地方，以其一边高如锻垆而名之。说到“垆边人似月”，人们便很自然地想到当垆卖酒的卓文君。《史记·司马相如传》记载：“买一酒舍酤酒，而令文君当垆。”词中当垆卖酒的姑娘，虽说才情不一定比得上文君，但她美艳得好像晚上明媚的月亮，皎洁妩媚，光彩照人。最撩人的还是她那攘袖（捋起袖子）卖酒的动作。“攘袖见素手，皓腕约金环。”（曹植《美女篇》）袖子一捋，露出白皙如霜雪的手腕。都说一方水土养一方人，吴姬越女，风姿绰约，果然个个都是水灵灵的。吴娃当垆，殷勤劝客，够美的吧？

江南风光旖旎，风情万种，游人啊，年未老大可千万别轻言还乡，还乡要“断肠”的啊！或说韦庄在极度矛盾中最终并未滞留江南，而是怀着依依别情踏上了返乡路。当他回到故乡长安，目睹“内库烧为锦绣灰，天街踏尽公卿骨”（《秦妇吟》）的惨象时，竟至肝肠欲断。词人的江南情结是解不开的，他的“更把玉鞭云外指，断肠春色在江南”（《古离别》）便是本词的另一版本。

王国维在《人间词话》中说温词是“句秀”，韦词是“骨秀”，而“骨秀”是对名句的最好赞语。

作者小传

韦庄（约836—910），字端己，京兆杜陵（今陕西西安）人。五十九岁中进士，任校书郎。后仕蜀，官至吏部侍郎兼平章事。词与温庭筠齐名，存于《花间集》《尊前集》《金奁集》中。

枕前发尽千般愿

——誓把爱情进行到底

菩萨蛮　　　敦煌曲子词

枕前发尽千般愿，要休且待青山烂。水面上秤锤浮，直待黄河彻底枯。

白日参辰现，北斗回南面。休且未能休，且待三更见日头。

词的源头之一是民间。看敦煌曲子词一些代表作的内容、风格、着腔可窥见一斑。光绪二十六年(1900)，甘肃敦煌莫高窟藏经洞发现一批唐人写本曲子词，这批珍贵文物多被法人伯希和、英人斯坦因盗窃。1909年，伯希和将文物运经北京时曾将部分写本向著名学者罗振玉、王国维展示，此后罗、王二人便开始向国人介绍敦煌曲子词，并着手整理研究。1998年中华书局出版的《全唐五代词》于正编收录敦煌曲子词一百九十九首，于副编收录存疑待考作品四百三十四首，总计六百三十三首。据专家考证，这些曲子在盛唐时已广泛流行于民间。

敦煌曲子词中艺术成就最高的当数以女性和爱情为题材的作品。《菩萨蛮·枕前发尽千般愿》继承古代民歌大胆、质朴、纯正、浪漫的风格，成功采用博喻和广泛比喻的手法，塑造一个对爱情无比忠贞、执著的妇女形象，具有生动、鲜明的艺术感染力。

为了更好地把握名句“枕前发尽千般愿”，我们先来将原词梳理一下。

词的开头概写女主人公在枕上发尽了千般誓愿。接着用博喻的手法分说誓词内容：一为“青山烂”，二为秤锤浮于水面，三为黄河水枯竭，四为白天看见星星，五为北斗星之柄指向南方。用这些永远不可能出现的事表明自己动摇变心之不可能。发下五大“狠誓”，主人公意犹未尽，最后又发了一个总结性的誓言：“休且未能休，且待三更见日头。”她要将爱情进行到底，除非半夜三更出太阳，否则不能休！这里所包含的已不光是个人信息，还有爱情的永恒和它的普世价值。

这首《菩萨蛮》与汉乐府中的《上邪》有异曲同工之妙。“上邪！我欲与君相知，长命无绝衰。山无陵，江水为竭，冬雷震震，夏雨雪，天地合，乃敢与君绝。”女主人公追求的是相知相爱，直到永远，只有在这五种不可能出现的情况变为现实时，爱情才会终止。这五种情况便是山无陵、江水竭、冬打雷、夏降雪、天地合。很显然，这首《菩萨蛮》的思路与博喻手法的运用是受了《上邪》的影响。但《菩萨蛮》的开头与《上邪》的开头很不一样。“枕前发尽千般愿”用一般性陈述句，它与下面文字是总说与分说的关系，只叙述情状，感情平稳；《上邪》倾诉衷肠，直达肺腑，开头一声呼唤，感情灼热强烈，上下文字是相承的关系。

“枕前发尽千般愿”，言简意丰。首先交代了愿是在哪里发的。“枕前”，暗示是在云雨欢爱之后，这正是海誓山盟的最佳时机。其次是揭示人物的活动，即女主人公的“发愿”。“发愿”就是“发誓”的意思，唐人口语。再次是动词“发尽”和数量词“千般”的运用起了强调和强化语势的作用。“千般”极言其多，

“千般”犹嫌不足，又以“发尽”形容之，足见女主人公感情之坚、决心之大、言词之绝。

名句的另一特点是直扑主题，直截了当。小两口枕头上的情语、私房话也敢大声宣示；写景、铺垫等准备过程不见了，直来直去，痛快淋漓；没有“执手相看泪眼”式的细腻，没有“柔情似水，佳期如梦”式的梦幻般的意境，不追求委婉含蓄，不事雕琢粉饰，说寻常话，用口头语，显现出草根味、民歌风的质朴与率真。

《上邪》《菩萨蛮·枕前发尽千般愿》同属誓言类，前者为诗，后者为词。到了明代，更有无名氏写了一首誓言散曲，亦颇具特色：“要分离，除非天做了地！要分离，除非东做了西！要分离，除非官做了吏！你要分时分不得我，我要离时离不得你！就死在黄泉，也做不得分离鬼！”（《劈破玉·分离》）如此，誓言类韵文便成诗、词、曲鼎立之势，成就了文学史上的一段佳话。笔者突发奇想，倘要给《劈破玉·分离》也写一句“枕前发尽千般愿”式的开头，这话该怎么说呢？“生生死死不分离”，如何？

人不寐 将军白发征夫泪

——无情未必真豪杰

渔家傲 范仲淹

塞下秋来风景异，衡阳雁去无留意。四面边声连角起。千嶂里，长烟落日孤城闭。

浊酒一杯家万里，燕然未勒归无计。羌管悠悠霜满地。人不寐，将军白发征夫泪！

这是北宋名臣、著名文学家范仲淹的名句。宝元元年(1038)，西夏大举攻宋，连取陕北数县，守将连连兵败被俘，延州(今陕西延安)成了一座孤城。范仲淹"受任于败军之际，奉命于危难之间"，出任陕西经略副使知延州。他上任后改革军制，选贤任能，训练军队，调整对少数民族的政策，实施屯田，很快就稳定了局势。边地有歌谣云："军中有一韩(韩琦)，西贼闻之心胆寒；军中有一范(范仲淹)，西贼闻之惊破胆。"

范仲淹既然边功卓著，填起词来该是志壮云天，豪情万丈了吧！恰恰相反，范公笔下的战地景象萧瑟，边声四起，将士思乡而"归无计"；夜深了，统帅感叹自己戍边到白头，士兵们流下了思乡的热泪。调子低沉而凄凉。但无情未必真豪杰，范公的"人不寐，将军白发征夫泪"仍不失为千古名句。

此句与其他一些名句一样，出现于结句，这就使我们有必要对全篇作一关照。上片围绕一"异"字展开。边塞与作者故乡江南水乡比风光迥异。秋天到了，大雁连头也不回，径向衡阳方向飞去，留下了一派战地黄昏的景象：萧瑟的秋风，悲凉、呜咽的号角声，战马的长嘶，升向天空的狼烟，如血的残阳，环抱的群山。这一切包围着孤城，笼罩着孤城，孤城迎来了如铅的黄昏、沉重的夜色，城门紧闭，时时提防来犯之敌。这使读者真切地感受到，不光是边塞的自然风光"异"，紧张的战地气氛、浓浓的火药味更是"异"于寻常的和平景象。

下片在大段的景色白描后开始了人物活动的描写。夜幕降临了，作者端起一杯浊酒，遥想千里之外的家乡，心情愈益悲凉。羌笛之声如怨如慕，如泣如诉；室外严霜满地，寒气逼人。此情此景，叫人如何不思乡？但转而一想，自己身负守边重任，还未能像窦宪那样彻底击垮敌人、勒石燕然、计功而还，这思乡怀亲之念不是太不现实了吗？御敌与思乡的感情交织在一起，将军白发苍苍，战士泪水涟涟，此夜如何入眠？"人不寐，将军白发征夫泪"是全篇的收束，主旨之所归，感情的爆发！

全词除了"燕然未勒归无计"有点豪气外，基调低沉而压抑，尤其是结句，更是让人丧气、消沉、颓然，欧阳修甚至嘲笑此词是"穷塞主之词"。看起来这与"先天下之忧而忧，后天下之乐而乐"的范文正公的一贯思想作风有点格格不入。据《宋史》记载，范仲淹"每感激论天下事，奋不顾身，一时士大夫矫厉尚风节，自仲淹倡之"。向以天下为己任、为国事奋不顾身的志士，此时身为边关统帅，却写出如此悲戚哀婉之作，确实有点不可思议。

我们不妨从以下三个方面来破解这一矛盾现象。第一，范仲淹虽然时任统帅，但从本质上讲，他仍然是个文士。上述的

"奋不顾身"的表态，以天下为己任的名言，或出自庙堂之上，或见于文学作品。那时他的身份是文臣、名士，调子不管怎么高，还只停留在口头上、文字上；现在可不一样了，身为统帅，人在边关军营，时时面临生死成败的考验，面对冷酷而严峻的现实，任何大话、空话、好话都无济于事。对这首词当然可以批评，但我们坚信，他描写的是真实的战地场景，抒发的是真情实感。更何况，在北宋王朝积贫积弱的大背景下，我们怎能要求他像盛唐的诗人那样高唱入云呢？第二，喜、怒、哀、乐，人之情也。人的一生是复杂的，感情也是多变的，不能因为他某时某地有过某种表现便要求他一以贯之，永远如此。以范仲淹当时的处境，思亲怀乡、伤感悲戚是很自然的事。第三，此种现象是词的特质所决定的。词更重于个体的情绪体验。词中展现的失意、孤独、寂寞、愁苦等"自我的、内向的、悲观的一面，是生命意识中深层的、潜在的东西"（张福庆《唐宋词审美谈》）。这是合乎文体要求的正常现象。

由是观之，范文正公之"人不寐"句乃全篇之警策，名句也！

作者小传

范仲淹（989—1052），字希文。北宋名臣，著名文学家。其先邠（今陕西彬县）人，后徙吴县（今属江苏）。大中祥符八年（1015）进士。官至枢密副使，参知政事。曾守边多年。卒谥文正。著有《范文正公集》。词存《渔家傲》《苏幕遮》等五首。

今宵酒醒何处　杨柳岸　晓风残月

——手执红牙板　吟唱到永远

雨霖铃　　柳永

寒蝉凄切。对长亭晚，骤雨初歇。都门帐饮无绪，留恋处、兰舟催发。执手相看泪眼，竟无语凝噎。念去去、千里烟波，暮霭沉沉楚天阔。

多情自古伤离别，更那堪冷落清秋节！今宵酒醒何处？杨柳岸、晓风残月。此去经年，应是良辰好景虚设。便纵有千种风情，更与何人说？

柳永之词，就连大文豪苏东坡也不敢小觑。据俞文豹《吹剑录》记载："东坡在玉堂日，有幕士善歌，因问：'我词何如柳七？'对曰：'柳郎中词，只合十七八女郎，执红牙板，歌"杨柳岸晓风残月"。学士词，须关西大汉，铜琵琶、铁绰板，唱"大江东去"。'"东坡之问，显然是希望幕士对二人的词作优劣高下的评判。这位幕士很聪明，巧妙地避开词锋，从音乐的专业角度作形象的比喻，指出二者各有特色。这则小故事说明三个问题：一是柳永词在东坡心目中分量很重，东坡能否胜出，他自己也缺少自信；二是以风格、流派论之，二人各有千秋；三是柳词"今宵"句与苏词"大江"句同为警策，脍炙人口。

词的上片由“长亭晚景”“难舍之情”“楚天念远”三个层次构成。“长亭”“傍晚”“寒蝉”“骤雨”，构成了一幅肃杀、凄清的典型意境。此时此地离别，情何以堪！相看泪眼，哽咽得说不出一句话。为何如此伤怀？因为对方要去遥远的楚地，从此天各一方。下片想象别后情景，推出写情诗的千古俊句——“今宵酒醒何处？杨柳岸、晓风残月”，最后将感情推向高潮，此后便有良辰好景也形同虚设，便有千种风情也无人可诉。

这首词历来被视为宋词婉约风格的代表作，柳词中写离愁别绪的代表作，以及成功运用铺叙委婉手法的代表作。窃以为还应续上一句：“今宵”句历来评价极高，乃柳词名句之代表作。

此词当是柳永自汴京南下的惜别之作。作者此时仕途失意，又与情人离别，这就使作品兼有羁旅行役、天涯漂泊的伤感，又有浓重的悲秋惜别的惆怅。但重点，也是写得最感人的还是一个“情”字。柳永是写情词的高手，他多情、钟情、痴情、会用情，也极善于写情。该词不假修饰，纯用白描手法，通过对送别场面的铺陈描写、对送别过程的延伸展示，将离别感情推向高潮。虽然对柳词人们向来褒贬不一，但此篇却无人敢妄加菲薄，连尖刻地评其词为“恶滥可笑”者，也不得不颔首赞许。

名句刻画的意境是别后情景。从“今宵酒醒何处”推测，“杨柳岸、晓风残月”应是别后想象中的情景设置。孤舟一夜航行，拂晓时来到一处荒野阒寂之处，唯见岸柳成行，晓风习习，残月如钩。这是作者多年天涯羁旅生活经验的艺术再现。此情景又像是留别，他醉眼蒙眬，拉着情人的手，将别后酒醒时分的情景细细地描述给她听。

名句与“多情自古伤离别，更那堪冷落清秋节”，是一个不可分割的意群。前两句揭示规律，直抒胸臆，是泛说；后两句以景随之，是写实，补足前两句句意，使之不空泛、不抽象。刘熙载将此种手法称为“点染”。他在《艺概》中说：“上二句点出离别冷落，‘今宵’二句，乃就上二句意染之。”他同时指出，二者必须连贯和浑然一气，强调“点染之间，不得有他语相隔，隔则警句亦成死灰矣”。他说的“点”就是抒情，“染”就是进一步地烘托。

此句的另一个重要特点是以景写情。从全篇看，《雨霖铃》之“景语”皆“情语”，而“今宵”句尤为突出。作者在“多情自古伤离别，更那堪冷落清秋节”的基础上，宕开一笔，进行丰富、合理的想象，凸显别后画面中的“晓风”“杨柳”“残月”，此三者无一不是触动愁肠之物。它唤起对以往漂泊生活的痛苦回忆，加重了别后的惆怅。此处由景到情的传递刻画得非常细腻。郑振铎说：“耆卿词的好处，在于能细细地分析出离情别绪的最内在的感觉，又能细细地用最足以传情达意的句子传达出来。”（《中国文学史》）诚然，“今宵”句最见柳词精雕细琢的功夫。

市民文学的特点是通俗易懂、反复铺陈、曲折尽意，须着力处则不惜笔墨，着意刻画。耆卿的名句在这方面可谓独领风骚，即便是老辣高手也难与其争锋。所以那位手执红牙板的女郎将要继续吟唱下去，长歌至永远。

作者小传

柳永（约984—约1054），字耆卿，崇安（今属福建）人。北宋著名词人。曾因“忍把浮名，换了浅斟低唱”句忤仁宗而落第。景祐初中进士。仕途坎坷，终生潦倒。曾官屯田员外郎，故世称柳屯田。有《乐章集》。

衣带渐宽终不悔　为伊消得人憔悴

——一寸相思一寸灰

蝶恋花　柳永

伫倚危楼风细细，望极春愁，黯黯生天际。草色烟光残照里，无言谁会凭阑意。

拟把疏狂图一醉，对酒当歌，强乐还无味。衣带渐宽终不悔，为伊消得人憔悴。

一般读者可能不一定知道柳永和他的《蝶恋花·伫倚危楼风细细》，却能脱口背出"衣带渐宽终不悔，为伊消得人憔悴"。只缘这两句是公认的描写爱情的绝妙好辞，是表达坚贞的经典语言，是抒发相思之情的千古名句。

这首《蝶恋花》亦作《凤栖梧》。此词构思非常精巧。开头从春愁写起，愁生天际，草色、烟光、残照，一派凄迷景象。登临凭阑，无人领会他的愁苦心情。接着词人便想到了酒，要学曹孟德"对酒当歌"，仿李太白"以酒浇愁"。然而勉强作乐，终无兴味。该词卒章显志，强烈抒情，把谜底翻给读者看，原来是"为伊消得人憔悴"。

词的主旨与题材都不算新鲜，但表达上却"片言偶发，快如霜刀"（王力语），歇拍点睛，振起全篇。同类文字，早的如唐代陈羽有“相思苦相思，相思损容色”（《长相思》）。“损容色”，说得笼统，进入不深，大抵只说因相思而容貌受损。柳永之后，著名女词人李清照有“新来瘦，非干病酒，不是悲秋”（《凤凰台上忆吹箫》），写得含蓄但失于抽象。柳句便不一样了，作者以“衣带渐宽”“消得人憔悴”来形容，前者写形体消瘦，后者说脸色暗沉；“渐”“消得”反映程度的不断加深。主人公已经骨瘦如柴，但一点也不后悔，即便化为灰烬，也在所不惜！所以俞陛云先生评论此句是：“长守尾生抱柱之信，拚减沈郎腰带之围，真情至语。”（《唐代两宋词选释》）引文中的尾生，是传说中战国时鲁国坚守信约的人，他与女约见于桥下，至期女未至，水涨，抱桥柱淹死。“沈郎”典则是说南朝梁沈约，称自己老病，过些日子腰带就要移孔收紧。俞先生的两个典故是对“衣带”句的极准确、极深刻的诠释。

五代花间派相思之词的主人公多为女性，此后沿袭，大抵如此。但此类词的作者多为男性，他们对女主人公的闺中生活和复杂细腻的思想感情缺乏真切的了解，很难准确把握和表达，所以写起来难免流于俗套和粗糙。而此篇的主人公却是一位男性，这是一个非常重要的转变。这一转变引出的重要结果之一，就是“我手写我心”“作者自抒情”，这也正是王国维评价“衣带”句是“专作情语而绝妙者”（《人间词删稿》）的一个深层原因。

名句犹如《琵琶行》中的那位琵琶女——“千呼万唤始出来”。上片以危楼细风、草色烟光、落日残照竭力渲染“春愁”，设置一个“无言谁会凭阑意”的悬念。循常理接下去该“抖包袱”了，可是作者宕开一笔，下片却写起以酒消愁来，由“拟把疏狂图一醉”写到“强乐还无味”，至此读者仍然不明就里，直到最后，我们才恍然大悟，原来他是犯了“相思病”，已经被折磨得不成人样了。反反复复，曲曲折折，闪烁其词，扑朔迷离，篇末隆重推出名句,将感情能量全部释放,行文自然流畅、水到渠成。

名句当是同时从文人作品和民间文学中汲取了营养。例如,我们从韦庄的《望帝乡》里便能看到这类情境的影子:“陌上谁家年少足风流?妾拟将身嫁与一生休。纵被无情弃,不能羞。”只是柳句要比韦句委婉、深沉。南朝宋清商曲词《读曲歌》歌词为:“逋发不可料,憔悴为谁睹?欲知相忆时,但看裙带缓几许。”柳词除了增添“终不悔”这层意思外,“衣带渐宽”与“裙带缓几许”,“为伊消得人憔悴”与“憔悴为谁睹”,词义与语言都没有太大区别。此种源流,更远的还可以追溯到《古诗十九首·行行重行行》中的“相去日已远,衣带日已缓”。但柳句意蕴之丰富、词意之显豁、句式之工整已远胜于前人,这是文人向民歌学习,创新、提高后所结出的硕果。

王国维将此句迁移、升华为“治学三境界”的“第二境界”,意为学人必须锁定目标,经过艰苦卓绝的不懈努力,方能成正果。其第一境界为晏殊《蝶恋花·槛菊愁烟兰泣露》中的“昨夜西风凋碧树,独上高楼,望尽天涯路”,第三境界为辛弃疾《青玉案·东风夜放花千树》中的“蓦然回首,那人却在,灯火阑珊处”。

渐霜风凄紧　关河冷落　残照当楼

——雄浑苍茫　不减唐人高处

八声甘州　　柳永

对潇潇暮雨洒江天，一番洗清秋。渐霜风凄紧，关河冷落，残照当楼。是处红衰翠减，苒苒物华休。惟有长江水，无语东流。

不忍登高临远，望故乡渺邈，归思难收。叹年来踪迹，何事苦淹留？想佳人妆楼颙望，误几回、天际识归舟。争知我，倚阑干处，正恁凝愁！

《八声甘州》是柳永词作中有口皆碑的名篇。该词主旨是怀乡思亲，将望故乡、思佳人之意详为申说，词风沉郁顿挫，雄浑苍茫。

柳耆卿此词意脉贯注，前后通达，读时宜吸足一口气，一下子把它读完。好诗好词犹如飞檐斗角、画栋雕梁的建筑群，处处美不胜收。柳永此词“对潇潇暮雨洒江天，一番洗清秋”，“是处红衰翠减，苒苒物华休”，“惟有长江水，无语东流”，“不忍登高临远，望故乡渺邈，归思难收”，“想佳人妆楼颙望，误几回、天际识归舟”俱可列为名句。此处姑以“渐霜风凄紧”句为中心，兼及其他。

柳永的这篇杰作，古来好评不断。清人陈廷焯在《词则》里说，该词“情景兼到，骨韵俱高，无起伏之痕，有生动之趣”。寥寥数语，却从情景关系、风骨气韵、结构安排、艺术效果方面给予全面评价，认为是柳词中“仅见之作”。清人王国维将其与苏东坡的《念奴娇·赤壁怀古》相提并论，说二者均为“伫兴之作，格高千古，不能以常调论也”（《人间词话》）。陈氏专论此词，王国维则在对比中更高看一眼，强调它出乎其类、拔乎其萃，提醒人们不要将它混同于寻常平庸之作。

“渐霜风凄紧，关河冷落，残照当楼”，为我们展开了一幅苍凉、凄厉、渺无边际的暮秋晚景图：肃杀的秋风渐吹渐紧，严霜的寒气日益袭人肌肤；万里河山，一派萧条冷落的景象；如血的残阳，将它最后一抹余晖投向凄清的高楼。一个“渐”字最为传神，成功地渲染了秋景、秋色、秋意的动态变化过程。霜严风紧，关河冷落，天气一天天地转凉了，便是光热无穷、能使“万物生光辉”的太阳，也难以阻挡秋天的步伐。

联系上下文看，我们便愈能体会到画面的苍茫景象、阔大境界、雄浑意象与凄清氛围。前句写暮雨，傍晚时分，阵雨潇潇，洒遍江天。雨后空气与景物固然更加清新，却增添了日暮的凉意。秋天昼夜温差大，傍晚转凉，雨后更甚——一场秋雨一场凉啊！“冷雨”“严霜”“凄风”“残照”，浓浓的秋意溢满了天地。如果说首两句仍停留在渲染时令的特点，那么下两句便是开启了景物特色的描写。“是处红衰翠减，苒苒物华休”，整个大地满眼是红花坠地、落叶飘零。作者用感叹的笔触描写道：一年中充满生机活力的美好光景快要完了！接着笔锋一转，“惟有长江水，无语东流”。“惟有”似在告诉人们，只有长江水无知无情，对周围发生的一切浑然不顾，径自日夜东流；但“无语”一词又将长江人格化，江水不似往日般欢腾，静静地、默默地、缓缓地向东流去，词意又拢到“秋”上来，水枯流缓，毕竟是深秋了。名句承上启下，将上阕以写景绾结，既为下阕抒情蓄势，又为抒情预设了必要的氛围。

周汝昌先生认为，此句之精彩，“不在残照，端在‘当楼’”。“不但‘残照’集中于一个‘焦点’，而仿佛整个江天、关河、冷雨、金风，统统集中于‘当楼’一点，换言之，此际词人乃觉遍宇宙间悲哉之秋气，似乎一齐袭来，要他一人禁当！”（《唐宋词鉴赏词典》）周先生从以景写情的角度，悟解个中三昧，让人倾倒。

柳永此句，一扫五代浓艳香软的花间遗风，苏东坡曾评论说：“世言柳耆卿词俗，非也。如《八声甘州》云‘霜风凄紧，关河冷落，残照当楼’，此语于诗句不减唐人高处。”（赵令时《侯鲭录》）东坡在这里为柳永打抱不平，认为一味批评他的词“俗”是不公平的。上述十六个字境界空阔高远，堪与盛唐诗篇媲美。清人刘体仁则将“关河”句与《敕勒歌》作比较，认为“‘关河冷落’二句，即‘敕勒’之歌也”。《敕勒歌》为北齐民歌，歌曰：“敕勒川，阴山下。天似穹庐，笼盖四野。天苍苍，野茫茫，风吹草低见牛羊。”短短二十七个字便勾勒出了苍茫辽阔的草原风光。刘体仁将二者并论，说明柳句在风格上已完全脱俗。

此句既有沉雄之魄，又有清劲之气，备受推崇，可以不朽矣！

忍把浮名　换了浅斟低唱

——谁能解得其中味

鹤冲天　柳永

黄金榜上，偶失龙头望。明代暂遗贤，如何向？未遂风云便，争不恣狂荡？何须论得丧。才子词人，自是白衣卿相。

烟花巷陌，依约丹青屏障。幸有意中人，堪寻访。且恁偎红倚翠，风流事，平生畅。青春都一饷。忍把浮名，换了浅斟低唱！

柳永的人生遭际、穷困潦倒，与这首《鹤冲天》有关；他的科场落第、命途多舛，也与这首《鹤冲天》有关。柳永的放浪形骸、流连坊曲，与这首《鹤冲天》有关；他的词作的风格与成就也与这首《鹤冲天》有关。介绍柳永的身世命运固然要涉及《鹤冲天》，欣赏他的警策，品咂他的名句，则无论怎样也绕不过“忍把浮名，换了浅斟低唱”。

初考落第，填首《鹤冲天》以寄情。柳永在这首词里都说了些什么呢？首先，要直面现实，落第就是落第，不必“论得丧”，不必把这事看得过于严重；其次，狂放不羁的习性依旧不改，自认为是“才子词人”，还以“白衣卿相”自诩；再次，落第后干什么？他要一如既往，到烟花巷陌去"偎红倚翠"。结句一个"忍"字，无比酸楚，万般无奈，把"何须论得丧""青春都一饷"的表面轻松、及时行乐榨去许多水分。

据宋人吴曾的《能改斋漫录》卷十六和胡仔的《苕溪渔隐丛话》记载，柳永喜作淫冶讴歌之曲，作品流传很广。某年柳永初考进士落第，作《鹤冲天》以寄情。不知怎的，他的大作竟传到了皇帝宋仁宗那里。后来再次应试，本已中试，于临发榜时，仁宗特黜落之，曰："且去浅斟低唱，何要浮名！"不久又有人举荐，仁宗道："此人任从风前月下浅斟低唱，岂可令仕宦！"还批了四个字："且去填词。"柳永非但不悔改、不沮丧，反而用戏谑调侃之口吻，自称是"奉旨填词柳三变"。但皇帝陛下毕竟是金口玉言，"且去填词"，不啻"终审定谳"，看来是永世不得翻身了。好在后来想了个变通办法，易原名"三变"为"永"，才得中进士。但柳永是天生的"才子词人"，不是做官的料，仕途并未彻底改变他的命运。这是后话。

仁宗可能对柳永的过于自负和口气大得吓人有点不满意。已经名落孙山了，感觉还那么好，高唱"偶失龙头望"，说他柳永在金榜上本该是龙头老大，这回偶然失手，未能排上号。还有这"才子词人，自是白衣卿相"，让人看了也怪不舒服的，一个落魄书生还要自比"卿相"。但仁宗最不能容忍的是这最后一句："忍把浮名，换了浅斟低唱。"皇家开科考试，为的是使"天下英雄入吾彀中"（唐太宗语），你小子却明确地表示不合作，不要"浮名"，要"浅斟低唱"，既然如此，那你就去填你的词吧！说实在的，仁宗还算比较宽容的，要是碰上明太祖朱元璋，抑或大清哪位爱玩文字狱的皇上，柳永说不定就连小命也要玩完了。

"忍把"句须与上句"青春都一饷"联系起来理解，语意方完整。青春短暂，转瞬即逝，还是及时行乐，慢慢地饮酒，悠悠地轻唱吧。怎忍心用朝廷科举取士的浮薄的功名来换取这人生享受的惬意呢？柳永在“浮名”与“浅斟低唱”两者中明白无误地、毫不含糊地作了选择，态度很明朗，难怪仁宗皇帝要生气呢。

那么柳永在这里究竟表达了怎样的思想感情？是对所谓的功名得之不喜、失之不忧，轻描淡写，毫不在乎吗？是自视很高、怀才不遇，像李白似的狂傲，不肯摧眉折腰吗？是借此自嘲，逢场作戏，我且自去寻乐吗？是深深地怨怼、满腹牢骚，故作轻松之态？是偎红倚翠，醉生梦死，破罐子破摔？是恃才负气，走极端，以求“惊世骇俗”？还是表面寄情声色，但仍严格自律，保持“才子词人”的本色？

都有点像，但又不全是。此一事件后，柳永并未决绝于科举功名，这是事情的基本方面。从柳永的家世看，他的父亲、叔叔、哥哥均有科第功名，生于这样的一个诗礼之家，怎甘心当一个“白衣卿相”？更重要的是，事实上柳永易名后仍沿着这条路在继续走下去，直至考取为止。我们必须承认，柳永当时的思想感情是极其复杂的，失意、怨望、自嘲、故作轻松，这些都是表象，或者说只是一个方面；骨子里是辛酸苦楚，是痛苦挣扎，是决不言败！

柳词向以明畅通俗著称，但这一句的“弦外音”“句中意”却很复杂，颇耐咀嚼、回味。

无可奈何花落去　似曾相识燕归来

——“富贵闲愁”细商酌

浣溪沙　晏殊

一曲新词酒一杯，去年天气旧亭台。夕阳西下几时回？

无可奈何花落去，似曾相识燕归来。小园香径独徘徊。

晏殊的“无可奈何花落去，似曾相识燕归来”，对仗工巧，被誉为“千古名联”。

这首词的思想意义怎样，读者尽可见仁见智，展开讨论。但对词中的名联，我们除了欣赏它意境的典雅、语言的富丽外，便只有赞叹的分了。名联的实用意义早已跳出文学范畴，其中“似曾相识”已成固定俗语；“无可奈何花落去”更是表现了人们对人生世事中一切美好的东西必然逝去的无奈，被广泛引用。

晏殊生活在大宋王朝一统天下，经济文化空前繁荣，贵族士大夫竞相豪奢的百年承平时期。这位太平宰相生活奢侈，妓妾成群，日日酒筵笙歌，以写诗填词为乐。然而他在词作中却每每流露出如丝如缕的淡淡的哀愁，这实在让人有点不解。对他来说，高官厚禄，功名富贵，应有尽有，且一生未有大的起伏与动荡，有什么不称心、不如意的事可愁的呢？据此很多人认为此公的愁是没来由的愁，是“富极无聊”之愁，属于“不知愁滋味”而要“强说愁”的那一类。

但情况并非完全如此。晏殊一生曾三次被贬黜。第一次是天圣五年（1027），因弹劾章献太后的宠臣张耆，被罢枢密副使，出知宋州，改应天府；第二次是明道二年（1033）因志文中未直书宸妃为仁宗生母事被罢参知政事，出知亳州；第三次是庆历四年（1044），因新政而得罪群小，被罢相，出知颍州，十年后方因病回京，翌年去世。三次罢官虽不如苏轼“乌台诗案”那样凶险，也不像辛弃疾投闲置散家居二十年那样意志被消磨，但精神上的创伤是不言而喻的。由京官被贬为地方官，等于被逐出京城；由位极人臣的宰相降职为州郡官员，思想的郁闷也可想而知。三次贬官对他的创作肯定会带来影响，“这就是在词中常常表现出一种细微而敏锐、有时是深沉的伤感和忧郁”（张福庆《唐宋词审美谈》）。

“无可奈何花落去”，写出了审美主体与客观美景之间的矛盾。审美主体总是希望美景（比如春花）能长驻人间，但世间万物无不处在发生、发展、灭亡的运动、变化中。春去夏至，花开花落，是大自然不可抗拒的规律，没有什么力量能阻止它。落花流水春去也，诗人只能徒唤奈何。但无奈还另有深意在。作者于景物变化中已敏感地体察到光阴易逝，“昨日之日不可留”（李白《宣州谢朓楼饯别校书叔云》）。年华岁月留不住，荣华富贵也终将在万象交替中消亡。推而广之，世间一切美好的事物都将逝去，这是生命本质中悲剧性的一面，人生之大无奈。“似曾相识燕归来”，视线由地面落花转向空中飞燕。燕子进出双飞，呢喃对语，是不是旧时的梁上燕呢？说不准，所以用“似曾相识”来形容。美丽的花儿凋去了，可爱的燕子归来了，这一“去”

一“来”中暗示着光阴荏苒，岁月不居，无奈中有轻声叹息。包含如此丰厚的哲学意蕴，却要说他是“富贵闲愁”，便未免有点不合适了。

晏殊追求作品的“富贵气象”。据宋人吴处厚《青箱杂记》卷五载，晏殊自称：“余每吟咏富贵，不言金玉锦绣而惟说其气象。”这里说的以虚涵代替具象，尚闲雅而不落俗套，属表现形式的问题，与内容上的哲理性深思并不矛盾。

此外名联尚有两大特色。其一是炼句“以实充虚”，清人刘熙载曾引进“触著”这个概念，用以说明用具体形象表现抽象概念的手法。联中的“无可奈何”“似曾相识”都是抽象概念，作者分别用“花落去”“燕归来”承之，使虚落到了实处。其二是虚对“无可奈何”“似曾相识”极为工巧。明人卓人月论及此联时说：“实处易工，虚处难工，对法之妙无两。”(《古今词统》)虚对之难，是因为可供选择的词语远不如实词多。而本联虚对，极为工丽，为后人所赞赏。

作者曾将此联原封不动地搬到他的诗作《假中示判官张侍丞王校勘》里，其自珍自惜，可见一斑。

作者小传

晏殊(991—1055)，字同叔，抚州临川(今江西抚州)人。北宋重要词人。景德二年(1005)以神童召试，赐同进士出身。仁宗时官至同中书门下平章事兼枢密使。谥元献。词作闲雅而有情思，语言婉丽，音韵和谐。有《珠玉词》。

昨夜西风凋碧树　独上高楼　望尽天涯路
——“天涯”境界自成高格

蝶恋花　晏殊

槛菊愁烟兰泣露，罗幕轻寒，燕子双飞去。明月不谙离恨苦，斜光到晓穿朱户。

昨夜西风凋碧树，独上高楼，望尽天涯路。欲寄彩笺兼尺素，山长水阔知何处！

五代北宋词多有名句，境界特高。这是王国维的一大发现。他在《人间词话》里说：“词以境界为最上。有境界则自成高格，自有名句。五代北宋之词所以独绝者在此。”“昨夜西风凋碧树，独上高楼，望尽天涯路”，完全符合王先生有关名句的一切条件。它出自北宋，境界特高，千古传唱，不胫而走。

这首词的题材并不新鲜，离别相思之苦，一个被人写滥了的话题。手法也无新奇过人之处，无非借明月、飞燕说事，借失眠、登楼抒怀。它之所以被人看好，为人欣赏，评价极高，有两方面的原因。一是全篇的“意”“情”“景”形成了一条完整的“表达链”，“意”通过抒情实现，“情”通过景语来表达。二是因为名句气象高远、境界空阔，包含着启人神思的哲理，有很大的迁移、引用的语言空间。

先来看看名句在词中的地位和作用。晓雾笼罩着栏杆外的丛菊,兰花上晶莹的露珠,恰似思妇眼中滚出的泪珠。燕子双双飞走了,仿佛感受到了清晨的微寒。女主人公一夜无眠,直至月光斜照到闺房的朱红门户上。这是用传统的手法在逼仄的空间里表现相思离愁。下片峰回路转,别开生面,我们的眼前突然出现一片空阔无垠的新天地。一夜西风劲吹,远处近处高高矮矮的树上叶子全掉光了,目光所及,一望无碍。这时登上高楼,顺着那条离人远去的大路远眺,一直能望到它延伸到遥远的天际。背景一下子由狭小的活动空间转移到了户外的广阔天地。她感受到大地之苍茫、寥廓,极目骋怀,有鱼归大泽、鸟出樊笼之感。但随之也就带来一个问题:要想捎个信儿给远方的亲人,可"山长水阔",他究竟在哪里呢?名句在活动空间上承上转折而来,在词意的发展上启下顿挫而止,处在一个相当重要的位置上。

王国维认为《诗经·蒹葭》最得"风人之致",而晏殊的这个名句"意颇近之"(《人间词话》),即后者在意象、境界、情调上非常接近《诗经》名篇《蒹葭》,这个评价非常高。也可能正是这个原因,王先生在反复欣赏、把玩后将名句迁移活用到治学领域,将它列为"治学三境界"的第一境界(第二境界为柳永《蝶恋花》中的"衣带渐宽终不悔,为伊消得人憔悴",第三境界为辛弃疾《青玉案》中的"众里寻他千百度,蓦然回首,那人却在,灯火阑珊处")。王先生还在"治学三境界"的后面缀了这么一句话:"此等语皆非大词人不能道。"也就是说,晏与柳、辛平起平坐,同为"大词人"。那么为什么说"皆非大词人不能道"呢?因为只有"大词人"才具有"大手笔"的资质才情、人生阅历、胸怀襟抱,以及对自然、社会、人生的深刻思考与圆融关照。晏殊于真宗景德初以神童召试,赐同进士出身,十四岁即步入政坛,官知制诰翰林学士。庆历中,拜集贤殿学士、同平章事(宰相)兼枢密使。他一生虽无“伤筋动骨”式的不幸遭遇和人生苦难,却也曾三次被贬官。文学上的天赋和长期的创作实践,多年身居要津所形成的丰富的阅历,基本顺利却又不无坎坷的人生经历,大大提高了他的“综合素质”,使他完全具备铸造名句的能力。这位被目为“富贵闲人”的“大词人”,在从容、闲雅中“口吐莲花”“喷珠溅玉”,实属必然,毫不足怪。

本词并无具体、特定的指向,只是泛泛而作。唯其如此,作品方有了酿造名句的空间,能宕开一笔,借题发挥,把目光从有限的空间转向天高地迥的“天涯路”。境界高超,意象虚涵,情在景中而有哲学意味,耐人咀嚼且宜深长回味,这是名句的重要特色。

红杏枝头春意闹

——头顶别号自风流

木兰花　　　　宋祁

东城渐觉风光好，縠皱波纹迎客棹。绿杨烟外晓寒轻，红杏枝头春意闹。

浮生长恨欢娱少，肯爱千金轻一笑。为君持酒劝斜阳，且向花间留晚照。

唐宋因诗词名句得别号的作者不乏其人。晚唐赵嘏以“残星数点雁横塞，长笛一声人倚楼”(《长安晚秋》)而名声大噪，时人给了他一个“赵倚楼”的雅号；秦少游因《满庭芳》一词的“山抹微云”句而名满天下，被誉为“山抹微云君”；贺铸因《青玉案》一词歇拍“梅子黄时雨”受士林青睐，干脆叫他“贺梅子”。他们的别号与身份、职务无涉。本题中宋祁的别号独与官职挂钩，被人称为“红杏尚书”。宋先生官场得意，文场风流，“红杏尚书”儒雅蕴藉，好生让人羡慕也！

名句出自他的《木兰花》，《木兰花》一作《玉楼春》。

宋祁此词写东城春景，虽有雍容华贵之气，但以良辰美景、向晚行乐为意，格调也算不得高。然而“红杏枝头春意闹”恰如异军突起，使全篇生辉，成为炼字的典型而为世人所推崇。

于非闇　红杏枝头春意闹

词的上片写春景。水面波光粼粼，轻舟荡漾；堤上杨柳依依，轻烟笼罩，红杏枝头春意闹。下片抒情，兴人生苦短、欢娱恨少的感叹，寓流连光景、及时行乐之意。

关于别号的来历，《苕溪渔隐丛话》有这么一段记载："张子野（张先）郎中，以乐章擅名一时，宋子京（宋祁）尚书奇其才，先往见之，遣将命者谓曰：'尚书欲见"云破月来花弄影郎中"乎？'子野屏后呼曰：'得非"红杏枝头春意闹尚书"邪？'遂出，置酒，尽欢。盖二人所举，皆其警策也。"这个故事很有意思，原来是宋尚书仰慕张郎中的"云破月来花弄影"而登门拜访，不想张郎中久闻尚书"红杏"大名，便把这顶桂冠顺手送给了他。

"红杏"句是全篇之警策，"闹"字则是灵光闪动的点睛之笔，"传神写照，正在阿堵中"（顾恺之语）。

"闹"字妙处有三：

其一，形象鲜活。春景、春色、春意如何表现？必须借助具体形象。作者选取了枝头的红杏。料峭的春寒已过，姹紫嫣红的仲春就在眼前。首先传递这一消息的是红杏。它花满枝头，生机盎然。面对枝上红杏，作者仿佛感受到了它的花枝的颤动，闻到了它飘过的清香，听到了围绕它飞舞的蜂虫的嗡嗡声。但诗词不同于散文，不允许无节制地铺陈描写。那么这种情景如果只用一个字形象地描述该用何字呢？“闹”字最佳。红杏花儿开，原本冷冷清清的枝头，一下子“热闹”起来了！

其二，境界全出。王国维在《人间词话》里评论此句时说：“‘红杏枝头春意闹’，著一‘闹’字，而境界全出。‘云破月来花弄影’，著一‘弄’字，而境界全出矣。”这里所说的“闹”字的“境界全出”，包含两个层面的意思：一是客观景物中存在着多元因素，由于它们的存在与参与，景物勃发了生机，充满了活力；二是包含了作者的主观感受。春满人间，“无边光景一时新”（朱熹《春日》），作者看到枝头盛开的红杏，一股暖意涌上心头，感受到了生命的节律和明媚春光跳动着的脉搏。“闹”在这里肩负“物我双会”的重任。

其三，修辞精巧。钱钟书先生以为“闹”字是采用了通感的修辞手法。他说：“‘闹’字是把事物无声的姿态说成好像有声音的波动，仿佛在视觉里获得了听觉的感受。”（《通感》）这是说，红杏像“闹元宵”一样地在“闹”起来了。朱光潜先生的“无情事物的有情化”（《艺文杂谈》）的说法亦可参照钱先生的观点，帮我们理解“闹”的修辞特色。

“闹”是炼字的典范。“到”太一般化，“浓”太抽象，“深”不合时令，“美”不够贴切。唯有“闹”字最合适。其妙处颇类王荆公“春风又绿江南岸”中的“绿”字。

作者小传

宋祁(998—1061),字子京,安州安陆(今属湖北)人。天圣二年(1024)进士。曾任尚书工部员外郎、翰林学士承旨等职。卒谥景文。世称“红杏尚书”,有集,已佚,词有《宋景文公长短句》。

月上柳梢头　人约黄昏后

——一支迷人的东方小夜曲

生查子　　欧阳修

去年元夜时，花市灯如昼。月上柳梢头，人约黄昏后。

今年元夜时，月与灯依旧。不见去年人，泪满春衫袖。

读欧阳修的《生查子》，不由使人想起唐人崔护的《题都城南庄》："去年今日此门中，人面桃花相映红。人面不知何处去，桃花依旧笑春风。"二者俱写男女青年幽会的情景，都是时隔一年，都有今昔对比恍若隔世之感，都有名句传诸后世。一诗一词，何其相似乃尔！

欧阳修是北宋一代文宗。他的政治地位、社会身份和文化修养对他词风的形成有很大的影响。他最擅长、成就最高的闺怨乡愁词儒雅隽永、蕴藉深厚而又轻柔妩媚。在语言运用上，他极像一位手段高明的魔术师，一些不起眼的小物件，经他随手一晃，便能变出美丽的鲜花、璀璨的珠宝、充满灵气的游鱼和飞鸽。他的一些脍炙人口的名句自然洒脱，像是随手拈来，脱口而出。如"庭院深深深几许""泪眼问花花不语，乱红飞过秋千去"(《蝶恋花》),“夜深风竹敲秋韵,万叶千声皆是恨”(《木兰花》),“平芜尽处是春山,行人更在春山外”(《踏莎行》),“把酒祝东风,且共从容”(《浪淘沙》)等,千百年来,深受读者喜爱。本题中的“月上柳梢头,人约黄昏后”,便属此类名句。

本篇背景是元宵夜的热闹景象,反映宋时市民阶层的元宵文化习俗和对爱情的理解与追求。唐宋时元宵已成重要节日。唐人苏味道在《正月十五夜》里写道:“火树银花合,星桥铁锁开。”绚丽多姿的花灯、烟火汇在一起,缀满花灯的铁桥像星星在眨眼,平日里宵禁时锁上的铁锁,今晚也打开了。辛弃疾笔下的“一夜鱼龙舞”更是道出了元宵夜的热闹非凡,绚丽多姿。这种全景式的欢乐无疑为青年男女的相见、相爱和幽会创造了良机,中国的“情人节”诞生了!

该词是“平中见奇”的典型。篇幅短小,内容简单,语言朴素,老妪皆解。好似一杯白开水,但白开水最“养人”。细细体味,便觉它韵味隽永,耐人咀嚼。

上片写去年元宵夜与情人幽会的情景。“月上柳梢头,人约黄昏后”,短短十个字,点到为算;下片写今年元宵,景物依旧,情人离去,抒物是人非之悲。作者采用对举手法:去年与今年对举,众人与情人对举,热闹与幽静对举,昔喜与今悲对举。元宵花市灯火的热闹场面反衬幽会的静谧、甜蜜和幸福;去年人面桃花式的一夕之欢,反衬今年佳人离去,泪满春衫;去年两人随众人喜反衬今年众人皆喜我独悲。对举在景物与感情的互动中使主旨更加鲜明,情感更加强烈。名句在各组对举中处于中心地位,是各组对举的参照物。从这个意义上说,它是全词之主,通篇之魂。

名句在细节上透露了三方面信息。其一,一个“约”字,说明这对恋人本已相识,只是苦于封建礼法的禁锢,平时没有机会见面。现在机会来了，可以大大方方地走出家门，找个地方去约会了。其二，这对恋人很聪明，见面的时间把握得很准。古时没有钟表，去早了，空等；去迟了，失约。怎么办呢？他们选择了“月上柳梢头”，即将月亮爬上柳树梢的时刻定为见面的时间。其三，幽会的时机选得很合适，也很巧妙，“黄昏后”最佳。暮色降临，可作掩护；观灯的人还未出门，此时见面神不知、鬼不觉，天赐良机，岂不妙哉！

名句句式整齐，朗朗上口，意蕴丰厚，发人遐想。其时、其地、其人、其事、其情、其境，这些特殊要素的巧妙组合，构成了一幅无比浪漫、温馨、令人陶醉的美妙意境。若要配背景音乐的话，西方的小夜曲最合适，因为那里面有夜莺婉转迷人的啼鸣；若要登台演唱，最好请昆曲名伶，配上演《西厢记》的原班人马，一唱三叹，拖腔绵长，余音绕梁，准能唱得你飘飘若仙，入神消魂。

较少具体地描写情事，尽量提高其品位和高雅情趣，在这里，我们领略到了美的真谛。

作者小传

欧阳修(1007—1072)，字永叔，号醉翁，晚号六一居士，庐陵(今江西吉安)人。天圣八年(1030)进士。累官至枢密副使、参知政事，以太子少师致仕。北宋诗文改革的领袖，唐宋八大家之一。散文、诗、词均有成就。著有《新五代史》《集古录》《欧阳文忠集》《六一词》。

泪眼问花花不语　乱红飞过秋千去

——笼中“金丝鸟”的断肠怨诉

蝶恋花　　欧阳修

庭院深深深几许？杨柳堆烟，帘幕无重数。玉勒雕鞍游冶处，楼高不见章台路。

雨横风狂三月暮。门掩黄昏，无计留春住。泪眼问花花不语，乱红飞过秋千去。

庭院深深深几许？——一层层，一进进，一重重；一道道帘幕低垂，像是幽深无底的黑洞。她是一只被禁锢在笼中的“金丝鸟”，有翅难飞。暮春三月，莺飞草长，更添幽怨惆怅。不知如何才能摆脱忧伤，也没有人为她指点迷津。她只能去问计于花，却不料，“泪眼问花花不语，乱红飞过秋千去”。

这只美丽、憔悴、忧伤的“金丝鸟”是欧阳修词作中一位女主人公的形象。名句“庭院深深”与“泪眼问花”句首尾遥相呼应，犹如一道精美的小点心先吊起你的胃口，最后上了一道传统特色大菜，让你大快朵颐，终生难忘。

欧阳公的这首《蝶恋花》就全篇而言，固不失大家风范，首尾两句尤显名句特色。首句“庭院深深深几许”以“深”字三叠的问句形式点染了这个深宅大院的深不可测，暗示女主人公生活环境的幽深、封闭和禁锢。结句“泪眼问花花不语,乱红飞过秋千去”,问春归何处,问夫往何方,让人顿生悲悯之心。

宋代词坛一号才女李清照特别喜爱这首词,她在《临江仙》词序中说:“欧阳公作《蝶恋花》,有‘深深深几许’之句,予酷爱之,用其语作‘庭院深深’数阕。”仿作一阕犹不尽意,仿数阕方罢,爱得果然是深。

女主人公的忧思、苦闷、怨恨源于她不幸的婚姻。上片中“玉勒雕鞍游冶处,楼高不见章台路”,对理解女主人公的身世、命运至关重要。从“庭院深深”和“玉勒雕鞍”的豪华与气派看,这家人家当是富豪大户抑或显贵人家,她的丈夫极有可能是个贵族子弟、游荡公子。你看,他的马笼头上嵌着美玉,马鞍上雕着花纹,他骑着这匹马去那三春的“游冶处”。游冶,泛指出游寻乐,见李白《采莲曲》:“岸上谁家游冶郎,三三五五映垂杨。”此处应指“狎妓”,有“章台路”可证。章台,街名,汉时长安有章台街,为妓女居住地。这位公子哥儿看来又到“章台街”去寻花问柳、追歌逐色去了。名句的大意是:我家那个死鬼又一早出去,混在那批雕鞍宝马的狎客中去寻欢作乐了;我远眺他的去路,高楼挡住了视线,根本望不见通往章台街的红灯区的路。唐圭璋先生评道:“一则深院凝愁,一则章台驰骋,两句比照,哀乐毕现。”(《唐宋词简释》)这只可怜的“金丝鸟”,可能是位久被冷落的少妇,也可能就是位弃妇。她丈夫在游乐场如此活跃,说明她尚未年老色衰,她之不幸,盖因其夫之花心也。

她的“泪眼问花”还因这个季节对她很不利。“雨横风狂三月暮。门掩黄昏,无计留春住。”俞平伯先生评析道:“‘三月暮’点季节,‘风雨’点气候,‘黄昏’点时刻,经过三层渲染,才逼出‘无计’句来。”(《唐宋词选释》)暮春三月,落红无数;黄昏降临,庭阶冷落;风雨交加,门户独掩。叠加、堆积式的浓重渲染反衬了女主人公的愁苦、怨恨心情。她终于清醒地意识到，昔日那美好、短暂的幸福时光已一去不复返了。

清人毛先舒对名句有一段精辟而又透彻的分析：“‘泪眼问花花不语，乱红飞过秋千去’，此可谓层深而浑成。”毛先舒认为，“花”与“人”的关系是逐层加深的。因花而流泪，此其一也；因泪而问花，此其二也；花竟不语，此其三也；不但无语，还要乱落，径直飞过秋千去，此其四也：此所谓“层深”也。“人愈伤心，花愈恼人，语愈浅而意愈入，又绝无刻画费力之迹”（转引自王又华《古今词论》），此所谓浑成也。欧阳公在短短的两句中作深度开掘，将“花”与“人”整合为一，将“情”与“景”融合为一体，将“意”与“境”连成一气，以多维和整体的眼光，向纵深掘进，反映女主人公被禁锢的牢笼般的生活，以及对破碎婚姻的绝望。“乱红飞过秋千去”，少女时的美好憧憬，新婚燕尔的幸福甜蜜，都风雨落花般地消失了！

名句婉曲幽深，如怨如诉，是“金丝鸟”的一曲衷肠悲歌。

落花人独立　微雨燕双飞

——编织在美景中的离愁别恨

临江仙　　晏几道

梦后楼台高锁，酒醒帘幕低垂。去年春恨却来时。落花人独立，微雨燕双飞。

记得小苹初见，两重心字罗衣。琵琶弦上说相思。当时明月在，曾照彩云归。

该句出自北宋著名词人晏几道的《临江仙·梦后楼台高锁》。晏几道为晏殊之子，人称“小晏”。小晏与李煜、纳兰性德一样，同属词史上阅世不深而词作艺术成就极高的词人。《临江仙》是他的代表作，体现了小晏词的最高水准，为婉约派之绝唱。“落花人独立，微雨燕双飞”则被评论家誉为“名句千古，不能有二”（谭献《谭评词辨》）。

词的内容是深情怀念昔日恋人——歌女小苹。据《小山词跋》载：“始时沈十二廉叔，陈十君龙家，有莲、鸿、苹、芸，品清讴娱客。每得一解，即以草授诸儿。吾三人持酒听之，为一笑乐。已而君龙疾废卧家，廉叔下世。昔之狂篇醉句，遂与两家歌儿酒使俱流转于人间。”小晏与小苹走得最近，爱得很深。随着歌女主人陈、沈二人一人残疾，一人谢世，歌女们及昔日的“狂篇醉句”便流转人间，晏、苹之生别，遂成终天之恨。

“落花人独立，微雨燕双飞”十字中至少包含三个“不能有二”的要素：落花、微雨、双飞燕，景不能有二；类似戏剧中无表情表演的久久伫立的人，人不能有二；如梦如幻，令人黯然伤神，意境不能有二。小苹什么样的魅力竟使小晏如此丧魂落魄？

徐悲鸿　落花人独立

小苹生得清纯、美丽，悟性高，才艺绝，深得小晏钟情。他的词里有多处描写小苹美貌、柔情和善解人意的文字。如“小苹若解愁春暮，一笑留春春也住”（《木兰花》）、“小苹微笑尽妖娆，浅注轻匀长淡净”（《玉楼春》）。这姑娘生性快乐，嫣然一笑便能挽住春天的脚步；她的笑靥无比妩媚，动作举止却又得体可人。词的上片写今日之思。梦回酒醒，孤独寂寞，落花微雨，倍增怀思。下片写“当时”“相见”的情景，表现作者的思恋之苦与缱绻深情。

“落花”句有人早就指出，是偷自五代翁宏的《春残》诗：“又是春残也，如何出翠帏？落花人独立，微雨燕双飞。寓目魂将断，经年梦亦非。那堪愁向夕，萧飒暮蝉辉。”小晏将颔联一字不易地照搬过来，这在今天该算是“剽窃”，但宋时并不是什么见不得人的事。将别人现成的句子“拿来”为我所用，当时可能是一种时尚。问题的关键要看用得怎么样。此两句在翁诗中显得稀松平常，可到了小晏手里就成了“不能有二”的千古绝唱，其中奥秘犹如唱戏。同样一段戏文，三流演员能唱得人打瞌睡；名角儿一开腔便掌声四起，全场轰动。翁诗原句仅停留在写景上，虽状物差强人意，但缺少反映作品精髓的灵气祥光。小晏以情入景，融入了春愁离恨，使景“著我之色彩”，读来凄绝伤神。他化平庸为神奇，点铁成金，虽非“首创”，却是“独创”。

名句传递的信息不是一般的伤春、惜春，而是“深愁”。宋词中多有以“飞花”“细雨”等意象寄托愁情的。如秦少游的《临江仙》里就有“自在飞花轻似梦，无边丝雨细如愁”这样的名句。诗人为才艺双绝、清纯多情的小苹的离去而愁，为挚爱的人流转他乡而不能伸以援手而愁，为自己潦倒的身世、孤寂的处境而愁，为眼前象征美好事物的芳春之逝去而愁。数不尽的深愁暗恨，尽在其中。

名句所形成的意境美无与伦比。一位孤独的贵族青年、多情种子，蒙蒙细雨中伫立在人去楼空的庭院里，眼看着花瓣一片片地坠地；雨中觅食的燕子成双作对地不时从他的身边掠过。这幅残春图是何等深婉、凄迷，又是多么轻柔、淡远。画中人如痴如醉，不知身在何处，不知今夕何夕，形单影只、无比惆怅。

该句背景独特、意象优美、寄慨深广、韵外有致，闲雅又不失沉着。一般名句很难达到这种境界，很难如此令人陶醉，也很难爆发出这等巨大的艺术魅力。

作者小传

晏几道（约1040—约1112），字叔原，号小山，抚州临川（今江西抚州）人。晏殊之子。家道中落，仕途不利。性耿介，不肯依傍权贵。工令词，风格婉丽。有《小山词》传世。

二 杂花生树

——枝上柳绵吹又少　天涯何处无芳草

人有悲欢离合　月有阴晴圆缺　此事古难全

——东坡的圆融式的人生观照

水调歌头　　苏轼

丙辰中秋，欢饮达旦，大醉，作此篇，兼怀子由。

明月几时有？把酒问青天。不知天上宫阙，今夕是何年。我欲乘风归去，又恐琼楼玉宇，高处不胜寒。起舞弄清影，何似在人间！

转朱阁，低绮户，照无眠。不应有恨，何事长向别时圆？人有悲欢离合，月有阴晴圆缺，此事古难全。但愿人长久，千里共婵娟。

此词作于熙宁九年(1076)中秋，东坡知密州时，词前小序中的子由即东坡之弟苏辙，子由是他的字。词的上片借赏月逸兴表达出世、入世的矛盾心理，委婉曲折。开篇连用“明月几时有”“不知天上宫阙，今夕是何年”两个问句总揽宇宙人生，于雄浑博大中透空灵蕴藉之气；于“天上”“人间”的矛盾中揭示思想的苦闷——最终理智占了上风，“起舞弄清影，何似在人间！”下片借月怀人，抒发人生感慨，饱含哲理意蕴。诗人先以九个字概

宋·马远 举杯玩月图

写月之由远及近，接着将月与人、理与情融为一体，以大开大合之势表达作者旷达的处世态度，明“兼怀子由”之意。此词系东坡的力作，咏月词中的千古绝唱。该词名句迭出。“高处不胜寒”“人有悲欢离合，月有阴晴圆缺，此事古难全”“但愿人长久，千里共婵娟”等，均是众口传唱、常被引用的经典名句。

东坡作这首词时的处境很恶劣，心情是忧郁的。政治上，他遭受新党排挤、打击。熙宁四年(1071)请求离京外任，调任杭州通判，熙宁八年(1075)改知密州。知密州乃是外放冷遇的表现。其时东坡父母双亡，妻子亡故十年，兄弟七年不见。“欲请郡东方，实欲昆弟之相近”(《密州谢上表》)，但兄弟二人仍相距遥远。加上密州连年饥馑，身为州行政长官的他也“斋厨索然”，生活相当艰苦。如此境遇真用得着“忧愤深广”来形容。我们从名句中不难看出他由仕途坎坷、处境困厄所折射出的感慨和自慰。

“此事古难全”之“此事”当复指“人之悲欢离合”与“月之阴晴圆缺”。“欢”“合”最好能成为人生的常态，永远高高兴兴地聚在一起，没有悲伤，没有睽离。“晴”“圆”也最好能成为一种常态，瓦蓝的天幕上永远挂着一轮皎洁的圆月。但这两件事自古以来难以两全其美。这是东坡于月明之夜怀念千里之外的胞弟而生出的无奈与感慨。

名句的深刻哲理是建立在总缩自然、天象、社会、人生的基础上的，与东坡广博的知识、深厚的学养、丰富的人生阅历，以及对宇宙、人生等基本问题的观察、思考有关。“此事古难全”虽含有感慨成分，却是对“悲欢离合”“阴晴圆缺”的本质的、规律性的揭示。看清了，悟透了，想通了，于是便释然，便开怀，便产生东坡式的开朗、旷达和随缘自娱。不管遇到什么样的挫折，遇到怎样不顺心的事都处之泰然，不自暴自弃，不怨天尤人，不消极颓废，但也不盲目乐观。他总是能处变不惊，圆融关照，事理通达，心气平和。这是睿智，是一种大智慧，一般人是学不来的。常见一些人标榜自己对人生世事已经“看穿”，说“厚的看薄，薄的看透，透的看穿”，自以为达到了“看穿”这一最高境界。这种世俗的“看穿”论与东坡的深邃的洞察力一比，便立马显出高与下、深与浅、雅与俗、文与野的区别。

从全词的风格看，它是一种“天仙化人”式的醉后抒情。但名句表达的意思却是清醒和理智的，是自慰，也是慰人。从天象到人事，自古以来就难以两全，东坡自己已经想通了，他也同时劝子由和读这首词的其他人悟透个中道理。聊以自慰，也聊以慰人，这便是名句的双重意义和作用。

名句系作者终于从“功名事业与个性自由不可得兼”的矛盾痛苦中得以超脱解放的反映，它使尾句的“但愿人长久，千里共婵娟”的祝愿水到渠成。诚如宋词专家夏承焘先生所言：“虽

有出世入世的矛盾，情与理的矛盾，但最后还是以理遣情，不脱离现实，没有悲观消极的思想，情绪是健康的。”(《唐宋词欣赏》)

作者小传

苏轼(1037—1101)，字子瞻，号东坡，眉山(今属四川)人。北宋文学家、书画家。嘉祐进士。在王安石变法的新旧党争中屡次被贬。曾于元丰二年(1079)因“乌台诗案”入狱。徽宗即位，赦还，卒于常州。与父洵、弟辙并称“三苏”，唐宋八大家之一，豪放词派的开创者。

大江东去　浪淘尽　千古风流人物

——惊风雨、泣鬼神的千古绝唱

念奴娇·赤壁怀古　　苏轼

大江东去，浪淘尽、千古风流人物。故垒西边，人道是、三国周郎赤壁。乱石穿空，惊涛拍岸，卷起千堆雪。江山如画，一时多少豪杰！

遥想公瑾当年，小乔初嫁了，雄姿英发。羽扇纶巾，谈笑间、樯橹灰飞烟灭。故国神游，多情应笑我、早生华发。人生如梦，一樽还酹江月。

该词作于元丰五年(1082)。元丰二年(1079)，东坡因“乌台诗案”被贬黄州，政治上的失意和一连串的人生挫折使诗人精神极度痛苦。贬居黄州期间，他寄情山水，两游赤壁，写下了这首被誉为“千古绝唱”的《念奴娇》。名句犹如昆仑之横空出世，一开场就获得“满堂彩”的轰动效应。

该词是情景交融的典型。雄浑、奔腾、壮丽的长江景色的描写处处紧扣“怀古”。上片由“千古风流人物”落实到“三国周郎赤壁”。下片描写“小乔初嫁了”，“羽扇纶巾”的周郎在赤壁大战中“谈笑间”令“樯橹灰飞烟灭”的不世之功，抒发自己对英雄的仰慕及年华早逝、功业难成的悲慨。

提起名句的功效，不妨先说说汉赋大家枚乘的《七发》。楚太子有疾，而且病得不轻。吴客为了治他的病，对声色犬马、游观声伎、车骑田猎竭尽铺陈之能事，以音乐、饮食、车马、观潮等事启发他，最后又以圣人辩士的要言妙道说之。太子竟霍然而愈。这是以言辞改变人的精神状态、治愈心理疾患的典型事例。《七发》太长，吴客话太多，不如东坡一句“大江东去”便振聋发聩，使失意困顿、沮丧颓废、百无聊赖者精神为之一振，从而提振生活勇气。

作者视通万里、思接千载。我们还从来没见过有哪首词是在如此大的时空大背景下展开的。大江东去，它从远古流到现在，它是大自然亘古的法则的顽强表现，也是中华历史沧桑变化的见证。说到这里，耳边会油然响起电视连续剧《三国演义》主题曲的雄浑、深沉的历史回声：“滚滚长江东逝水，浪花淘尽英雄……”名句与名曲一样，为全词在史诗般的、交响乐式的雄浑开场中拉开了大幕。

名句表达的思想感情深沉而复杂，简单地用“豪放”二字形容未免皮相。“浪淘尽、千古风流人物”，明写长江，实写历史长河。无数历史事件、无数英雄人物，都在这条滚滚逝去的长河中像浪花一样翻滚一下就转瞬即逝。联系词中的“灰飞烟灭”“一樽还酹江月”，我们便不难理解这种岁月如流、逝者如斯，往事如烟、“是非成败转头空”的历史沧桑感。这是名句的另一种色彩，与东坡在政治蹭蹬、“乌台诗案”后被贬黄州不无关系。

简单地以“豪放”目之，还容易忽视名句的哲理内涵。长江昼夜不舍地滚滚东逝，历史一刻不停地向前发展，它们永远不会停下前进的脚步，也不会因为某个个人的意志而有所改变。一切在历史上出现过的东西，都将在历史中消失，这就是“淘尽”一词所体现的辩证思想。东坡的这一观点在他的《前赤壁赋》

里说得更清楚:“盖将自其变者而观之,则天地曾不能以一瞬;自其不变者观之,则物与我皆无尽也。”由“天地曾不能以一瞬”到“浪淘尽、千古风流人物”,东坡笔下的历史是凝重的,也是无情的。

词的开头与结尾风格迥异,给人“虎头蛇尾”“盛极而衰”的感觉。笔者以为两者并不矛盾。因为“头”“尾”说的是不同的话题。开头涉及历史上赤壁鏖兵这样的大事件,羽扇纶巾的周郎是主角,横槊赋诗的曹孟德是对手。场面、境界、人物、气势均不同寻常,而要客观、理性地表现这一切,就必须豪放、大气,用大手笔。结尾就不同了,作者由怀古回到现实,由缅怀英雄而悲叹自身。他真切地感受到了自己“早生华发”的悲苦和屡遭打击的不幸,难免丝丝凉意袭上心头,感叹“人生如梦”。这种由历史与现实的矛盾、主体与客体的碰撞所产生的首尾跌宕起伏,既合乎情理,也可以理解。

尽管名句有一些沧桑、悲凉的色彩,但总体看来,还是感慨中有通脱,写得大气磅礴,震烁古今。所以演唱时还得用豪放派的唱法。如果说“老夫聊发少年狂”是东坡令武士们“抵掌顿足而歌之,吹笛击鼓以为节”的即兴表演,那么本词开头最好还是请气壮如牛、训练有素的专业人士来演唱,如《历代诗馀》上说的那样,“须关西大汉铜琵琶、铁绰板,唱‘大江东去’”。

拣尽寒枝不肯栖　寂寞沙洲冷
——坡翁特立独行的人格宣言

卜算子　苏轼

黄州定慧院寓居作。

缺月挂疏桐，漏断人初静。谁见幽人独往来，缥缈孤鸿影。

惊起却回头，有恨无人省。拣尽寒枝不肯栖，寂寞沙洲冷。

《卜算子·缺月挂疏桐》系苏轼被贬黄州期间所作。东坡因不满新法在执行过程中的一些扰民现象，作诗抒情泄愤，为新党所不容。新党罗织罪名，将其逮捕下狱，欲置之于死地。后在神宗主持下，释放出狱，贬为黄州团练副史，这就是有名的“乌台诗案”。“乌台诗案”固然是对苏轼政治生涯的一次重挫，却也是对他人格、人品的极好检验。从这个意义上说，《卜算子》中的“拣尽寒枝不肯栖，寂寞沙洲冷”就是东坡面对困厄、窘迫的人生逆境所交出的一份人格宣言书。词中的“幽人”应是诗人的化身。诗人以“孤鸿”自比，表现自己“乌台诗案”后仍心有余悸；以孤鸿的“拣尽寒枝不肯栖”表明自己不肯阿附的高洁志趣。“缺月”“疏桐”“孤鸿”“寒枝”“沙洲”折射出诗人生存环境的恶劣。

词的大意是：在一个凄清孤寂的寒夜，有一位幽人独来独往。他极像一只在缥缈夜空孤单飞行的鸿雁。它不住回头，无人理解它所受的惊吓。它瞅遍了高枝不肯栖，宁愿夜宿在寒冷、寂寞的沙滩上。

要领悟名句的妙处，必须正确地把握好“孤鸿”这一形象。元好问在《摸鱼儿·雁邱词》中曾对孤鸿有极生动的描绘：“君应有语，渺万里层云，千山暮雪，只影向谁去?”词中的孤鸿应该就是这样一只穿过万里云层、越过千山暮雪、只身飞来的远方的大雁。它原来是有配偶的，《摸鱼儿·雁邱词》描绘道：“天南地北双飞客，老翅几回寒暑。”但它遭罹不幸而成了单飞的惊弓之鸟。它不时惊回首，却无人能领会。这就使人很自然地联想起“乌台诗案”后的苏东坡。另据张福庆先生考证，东坡于元丰五年(1082)二月一日抵黄州，寓定慧院，家属五月抵黄州，此词当作于家属抵黄州前独居定慧院时。“幽人”孑然一身，独来独往，踽踽而行，与凄冷寒夜只身飞行的孤鸿又何其相似乃尔！

众鸟都喜欢攀高枝，在高大的梧桐树上筑巢栖息既安全又风光。可孤鸿不稀罕那些高枝，“高处不胜寒”啊！它宁愿栖息在荒凉的野地里或卑湿的芦苇丛里。金人王若虚在《滹南诗话》里说，“拣尽寒枝不肯栖，以其不栖木，故云耳”。也就是说，有机会、有条件栖高枝，但不愿、不肯，或不屑，这是一种执拗的选择与姿态。孤鸿所传递的实际就是苏东坡的心声。你站你的高枝，我居我的平地；你走你的阳关道，我过我的独木桥。其实我的抱负、才干、人格哪一方面都不比你们差，我就是不愿意阿附，不愿意与你们合流！

简言之，孤鸿至少有三处与东坡相似相类：前者曾遭弋缯与罗网之变，惊魂未定；后者因“乌台诗案”遭牢狱之灾，仍心有余悴。前者遭变而丧偶失群；后者被贬而离群索居，师友云散，亲属远离。前者虽迭遭变故，但本性不改，宁愿宿沙洲，不肯栖寒枝；后者生来旷放豁达，虽被贬在荒城，但仍一副不入流俗的名士派头！

这就是苏东坡。他傲岸不屈，孤芳自赏，不阿附权贵，不随波逐流，他特立独行，决不屈从于世俗的价值观。所以黄庭坚评论此词说，"语意高妙，似非吃烟火食人语"（《豫章黄先生文集》）。

名句所使用的是赋、比、兴手法中的"兴"，即"孔雀东南飞，五里一徘徊"那种表现手法。其特点是主体不出现，只有客体，但主体可"思而见之"，"求而得之"。作者将自己深沉含蓄的思想感情寄托在孤鸿的"拣尽寒枝不肯栖，寂寞沙洲冷"上，宛转、含蓄、隐微、巧妙，其艺术效果要远胜于直抒胸臆。

兴发于此而意归于彼，名句背后，黄州贬所的东坡形象呼之欲出。

老夫聊发少年狂

——狂出一片新天地

江城子·密州出猎　　苏轼

老夫聊发少年狂，左牵黄，右擎苍，锦帽貂裘，千骑卷平冈。为报倾城随太守，亲射虎，看孙郎。

酒酣胸胆尚开张，鬓微霜，又何妨？持节云中，何日遣冯唐？会挽雕弓如满月，西北望，射天狼。

这首词在词史上具有非常重要的地位。五代以降，以温庭筠、柳永为代表，词风柔靡，内容不出花前月下、浅斟低唱、男欢女爱、离愁别绪。苏轼以柳永为标靶，发起挑战，对词大胆革新，目光转向关注社会人生。时代的风云、人生的理想抱负、建功立业的渴望、对美好生活的向往，成了他词作的主旋律。词的格调也"一洗绮罗香泽之态"（胡寅《酒边词序》），追求清新、刚健、豪放。这是一个里程碑式的转变，它提升了词的地位，使之与诗并驾齐驱。在这样的背景下，《江城子》应运而生，成了第一首豪放词，"老夫聊发少年狂"也就成了豪放词的第一名句。

此词作于东坡知密州时。任内因天旱曾到常山祈雨，后果得雨，再往常山祭谢，归途与同官会猎于铁沟。东坡在《与鲜于子骏书》里曾提及此次狩猎："所获颇多，作得一阕，令东州（密州）壮士抵掌顿足而歌之，吹笛击鼓以为节，颇壮观也。"会猎填词，意犹未尽，还要让壮士们吹笛击鼓、击掌顿足地表演一番，可见其兴致之高、意气之豪。上片写出猎，场面恢弘，气氛热烈；下片以请缨抒怀，志壮情豪，气薄云天。

高原先生在《唐宋词鉴赏辞典》里分析"老夫聊发少年狂"时，说其狂有四："太守出猎而须'报'知人民跟随去看，其狂一也；出看而须'倾城'，其狂二也；猎必射虎，其狂三也；自比孙郎，其狂四也。"高先生可谓探准了东坡以"狂"为主线构思全篇的意脉，惜乎篇幅所限未能展开。笔者不避效颦之嫌，这里也来紧扣"狂"字作点分析。其一，古时皇帝或官员出猎，常带有军事演练之性质，往往要动用军队。东坡乃一文官，出口成章，下笔成文是他的强项，军事、狩猎则非其所长，且年已四十，两鬓染霜。可是现在坡翁却要学习少年郎的做派，架鹰呼犬、拈弓搭箭，到禽兽出没处去露一手，此一狂也。其二，此次出猎非兴之所至的小打小闹，而是充分准备的一次高规格的"准军事行动"。架苍鹰，牵黄犬，部下都穿戴着正规的骑兵服装，马队在平冈上像风一样席卷而过。打一次猎却要如此兴师动众，摊这么大的场面，造如此大的声势，此二狂也。其三，"首长"的言行往往带有示范、象征、作秀的意味，也就是做做样子而已。而东坡却偏要动真格。看到倾城而出的看热闹的乡亲们，他深受感动，要作一回"回报表演"，报答乡亲们的厚爱。顺便提一下，这里的"报"似应理解为"酬答""报答"。以东坡之为人，要通知全城的人出来看他打猎，有悖常理，也不太可能。总之，太守要赤膊上阵进行表演，此三狂也。其四，表演的内容不是射兔、射狐、射獐，而是要像孙郎那样"亲射虎"！孙郎何许人也？大英雄也！曹操有言："生子当如孙仲谋。"孙权当年曾亲自射虎，虎扑上来将马抓伤，权继以长枪投刺。老虎一看不是对手，夹着尾巴逃跑了。居然要学孙郎“亲射虎”，此四狂也。其五，东坡由狩猎联想到戍边御敌。其时西北未靖，东坡希望朝廷能像当年汉廷重新起用魏尚那样，委以边任，让自己带兵打仗，建功边陲。这下可玩大了，先生豪情满怀，气冲牛斗，一下子就进入了“角色”，幻想着“会挽雕弓如满月，西北望，射天狼”！文人不是不能带兵，东坡也确实早有此志，但战争不是儿戏，把它诗意化地看得轻而易举，便有点不正常，此五狂也。

“老夫聊发少年狂”雄踞第一首豪放词之起拍，天下闻名；句中之“狂”也确有特色。它打破了“诗庄词媚”“词为艳科”的旧格局，狂出了词的一片新天地。

枝上柳绵吹又少　天涯何处无芳草

——献给岭南暮春的歌

蝶恋花　苏轼

花褪残红青杏小。燕子飞时，绿水人家绕。枝上柳绵吹又少，天涯何处无芳草！

墙里秋千墙外道。墙外行人，墙里佳人笑。笑渐不闻声渐悄，多情却被无情恼。

《蝶恋花·花褪残红青杏小》可能作于东坡贬谪惠州期间。

《词林纪事》引《林下偶谈》讲了这么一个故事：某年秋天，东坡闲坐，其时落木萧萧，悲声凄然，东坡命侍妾朝云歌此词。朝云"歌喉将啭，泪满衣襟"，东坡问其故，答曰："奴所不能歌，是'枝上柳绵吹又少，天涯何处无芳草'也。"东坡大笑说："我正悲秋，你又要伤春了。"于是作罢。朝云不久抱疾而亡，东坡终生不复听此曲。

故事的真实性姑且不论，"枝上柳绵吹又少，天涯何处无芳草"的感染力却是无可置疑的。朝云不仅是东坡的生活伴侣，而且是东坡文学艺术上的知音。她唱到此处哽咽难继，泪洒襟衫，足以证明名句在用声乐表演时是怎样感动人心和催人泪下。

上片写岭南暮春景色。作者撷取"狂风落尽深红色，绿叶成阴子满枝”的春夏之交景物片断，准确、生动地描摹了这一短暂的时令特色。燕子归来，绿水绕宅，柳絮蒙蒙，芳草萋萋，春色在几番风雨的摧残下消逝了。渐吹渐少的柳絮报告人们，夏天的脚步已经临近。上片景色如画，历历在目；体物入微，景中含情；亦愁亦喜，情致深婉。下片写围墙内外的人物活动，寥寥数语却饶有生活情趣。墙内荡着秋千的佳人笑语盈盈，但只闻其声而不见其人；墙外的行人闻声驻足，直至墙内佳人洒下一片笑声离去，仍痴情地伫立不去。“多情却被无情恼”与“天涯何处无芳草”成呼应之势，意味深长。

先说“枝上柳绵吹又少”。柳絮是暮春的寻常物象，但因它有“絮尽春归”的特点，所以作者把它收入“特写镜头”，可谓“选材准确，用得恰好”。“吹又少”，一个“又”字，暗含动态的连续观察过程。说明作者不断地在关注此事，不停地在观察。前日看，昨日看，今日又看，发现柳枝上的絮越来越少了。柳絮将尽，意味着春天就要消逝了。与人们对一切美好事物的逝去的感受一样，作者的心情是复杂的。留恋、惋惜、伤感、惆怅、无奈，还有淡淡的哀愁，复杂地交织在一起。

再说“天涯何处无芳草”。作者继而把广阔的视线转向天边。曾几何时，芳草由初春的满眼新绿一变而为遍地翠绿，一直延伸、铺展到遥远的天际。此物不足贵，但它昭示人们，生机蓬勃的夏天来临了。此句在原词里仅仅是写景，并无深意。但读者往往喜欢依境移情，用它来宽慰失恋之人，劝他们不要专注执著于一人而不能自拔，天下俊男、靓女多着呢。据说有一青年在劝慰他失恋的朋友时，引用“天涯何处无芳草”时随口缀了一句“何必单恋一枝花”。续句契合自然，堪称妙手天成。

作者此时的感情是细致、微妙的，也是矛盾、复杂的。春天无疑是美好的，但美好的事物往往不可即、不可留，匆匆而过、昙花一现，让人遗憾、伤怀、叹息、无奈。然而初夏之景并非就是“美”的消逝后接踵而至的“恶”。芳草萋萋，漫向天际，展现大自然蓬勃生机和造化之功。作者接受了这一现实，情绪由低沉而转向乐观。东坡就是这样，非常善于化解不良心理因素，及时将它转化为旷放、乐观的人生情怀。这其中包含着深刻的人生哲理。

东坡为豪放派宗师，其实他词作中有相当多的婉约风格的作品。南宋王灼在论及东坡词曲时，说他“高处出神入天，平处尚临镜笑春”。名句就是这样一个“临镜笑春”的佳句，她美而不艳，幽而不深，清、空中藏人情。正所谓：岭南春色今何在？已随碧草向天涯。

日日思君不见君　共饮长江水

——情诗的另一片新天地

卜算子　　李之仪

我住长江头，君住长江尾。日日思君不见君，共饮长江水。

此水几时休，此恨何时已？只愿君心似我心，定不负相思意。

爱情诗词中，李之仪的《卜算子·我住长江头》可谓独树一帜。该词以万里长江为背景，突出主干，一线到底，节奏明快，如行云流水，是小令中人见人爱的一朵奇葩。《卜算子·我住长江头》将一对情人定点在江之头与江之尾，长江成了维系二人感情的“相思河”。举目见长江，张口饮江水，但就是不能相见。思念就像长江一样，绵延万里，昼夜不息。女主人公相思无尽时，相见不可期，她只有一个心意，希望她的心上人忠贞不贰，“定不负相思意”。

题中名句与开篇的“我住长江头，君住长江尾”是不可分割的一个意群。这里将“日日”两句单列，一是因为如果将前两句也引入，便囊括了整个上片，未免太长；二是“共饮长江水”乃全词之主干，一篇之所系，已经有足够的代表性。

传统情词多以闺房、服饰、信物、草木、山水等为起兴、铺写的由头，本篇却借来了一个硕大无朋的"道具"——长江。而且还不是眼前的一段、一片，而是包括"头""尾"在内的整个一条水系，它的流域面积差不多占到中国国土面积的三分之一。作者以"我""君"对举，把两个主人公分别安排在长江的"头""尾"，将他们的空间距离拉到最大，以俾女主人公的相思更深沉、绵长。

那么，长江的哪些特点与女主人公的相思相似呢？首先是它的"长"。长江首尾有万里之遥，《话说长江》，从头说起，要说许多天。如此遥远的距离，在交通不发达的古代，"相思相见知何日？"（李白《三五七言》）所以女主人公将要忍受长期离别的煎熬，她的思念如同长江那样绵长。其次，长江不像黄河那样"咆哮万里触龙门"，水势总体要比黄河平缓得多。它后浪推前浪，一浪催一浪，浩浩荡荡，奔向东海。这种绵延不尽的浩荡之势，正是女主人公缠绵情思的象征。第三，长江滔滔滚滚，跌宕起伏，又与女主人公绵长思念中的不平静心情相一致。女主人公"日日思君不见君"的感慨就是发给长江听的，她的相思苦恋与长江的相似之处太多了！

词的头四句是化用唐代姚合的《送薛二十三郎中赴婺州》诗："我住浙江西，君住浙江东，日日心往来，不畏浙江风。"姚诗以浙江（钱塘江）为背景，写两位朋友为大江所阻隔，但他们不畏江风，天天在心灵上进行交往。该诗构思颇有新意，语言亦简明流畅如民歌。但比起李词，则要逊色一点，浙江之境界当然比不上长江之阔大；姚诗之隔仅在一江之隔，李词之阻却有万里之遥；两者均强调阻隔，但李词阻隔中有维系，二人"共饮一江水"，而姚诗中的"江风"却无法为二人牵线。李之仪别开生面，化出了一个新境界。

论者常对“共饮长江水”有不同的情感解读。一种理解是同饮一江水但路途遥远无法见面，因生遗憾、怅恨；一种理解是山重水复，道路阻隔，但喝的是同一条江里的水，稍可慰藉心灵。笔者以为，两说可以并存。但联系下片的“此水几时休，此恨何时已”，则应以第一说为主。

名句语言通俗，节奏明快，句式重叠，适宜咏唱，深得民歌之风味。但同时又不乏文人作品的构思精巧和深婉含蓄的特点。它是文人向民歌、民间词学习的成功典范。所以毛晋在《宋六十名家词·姑溪词跋》里说，“至若‘我住长江头’”，“直是古乐府俊语矣”。

有趣的是，1957 年 12 月，陈毅元帅随周恩来总理出访缅甸期间，作了一首《赠缅甸友人》的诗，其前四句便是化用本词开头的四句：“我住江之头，君住江之尾。彼此情无限，共饮一江水。”（按：缅甸境内伊洛瓦底江与萨尔温江之上游分别为我国境内之迈立开江和怒江）这首诗在中缅两国引起强烈反响，成为国际文化交流中的一段佳话。

作者小传

李之仪（1038—1117），字端叔，沧州无棣（今属山东）人。熙宁三年（1070）进士。曾为苏轼幕僚。官至枢密院编修，徽宗时终朝议大夫。有《姑溪居士文集》《姑溪词》。

百啭无人能解　因风飞过蔷薇

——一幅构思奇妙的花鸟图

清平乐　　黄庭坚

春归何处？寂寞无行路。若有人知春去处，唤取归来同住。

春无踪迹谁知？除非问取黄鹂。百啭无人能解，因风飞过蔷薇。

对于黄庭坚的词作，历来褒贬不一。褒之者如宋代陈师道，说“今代词手，惟秦七、黄九尔”（《后山诗话》）。“秦七”指秦观，“黄九”就是黄庭坚。今人夏敬观更引苏东坡对黄庭坚词的赞语，给黄词以极高的评价。他在《宋人词集跋尾》里说：“曩疑山谷词太生硬，今细读悟其不然。‘超轶绝尘，独立万物之表，驭风骑气，以与造物者游’，东坡誉山谷之语也，我于其词亦云。”而同为苏门四学士之一的晁补之则毫不客气地批评他的词“不是当行家语，是著腔子唱好诗”（《苕溪渔隐丛话》）。清人陈廷焯在《白雨斋词话》里更是斥其为“门外汉”，不光不如秦观、苏轼，与柳永比也差得很远。但对他的这首《清平乐》却没有争议，这首词被传诵至今，好评不断。

这首词的好处在于思路新颖、奇妙，即“道人之所未道，发人之所未发”。且走笔清新活泼，童稚能解。作者跳出春风、春雨、花落、絮飞等描写暮春景象的窠臼，摆脱伤春、惜春、恋春的套路，去探寻“春归何处”。但春之归去是无踪迹可寻的，除非去问问黄鹂鸟。然而无人懂得“鸟语”，探寻无果而终。想落天外，又在情理之中，这是黄庭坚此词的独到之处。

古来伤春归去的诗词不计其数。宋话本《碾玉观音》在开篇里列举了一批名家名作，这里姑引数例：王安石说“不得春风花不开，花开又被风吹落”，认为春是被东风送走的；苏东坡（实为唐人王驾）说“雨前初见花间蕊，雨后全无叶底花”，认为是春雨断送的；秦少游说“三月柳花轻复散，飘飏澹荡送春归”，认为春是被柳絮飘走的；宋人曾布说“黄鹂啼得春归去，无限园林转首空”，认为是黄鹂把春啼走的；宋人朱敦儒说“杜鹃叫得春归去，吻边啼血尚犹存”，认为是啼血的杜鹃把春叫归去的。上述诗句围绕“春归去”各说各话，林林总总，写得饶有趣味。它们的共同点是探讨“春是怎么归去的”。而黄庭坚却独出机杼，在《清平乐》中追寻“春归何处”。

该词上片感叹春的消逝，不知它去向何方，幻想着唤她回来一起住。下片说春去无踪迹，只有黄鹂知道她的消息，但黄鹂飞走了。

非常佩服黄山谷的想象与联想的功夫。物换景移，词人因春归去而失落、寂寞。他幻想把春天找回来同住。思来想去，只有黄鹂鸟跟春天走得最近，整个春季始终用它那美妙的歌喉为春光唱着赞美的歌。黄鹂应知道春的行踪。好吧，那就去问黄鹂吧。黄鹂殷勤地用歌声回答，但说了半天没人能懂，它有点不耐烦了，一阵风来，越过盛开的蔷薇，飞走了！这幅梦幻般的图景、童话式的意境，把我们领进了一个超凡脱俗的美妙境界。随着蔷薇的开放，黄鹂的飞走，作者如梦初醒，春天真的归去了！

有学者认为，作者在这里采用了“错位”的表现手法。即主体感觉落后于客体景物的变化，因而产生强烈的特殊感情，也就是说，感觉比景物的发展落后了半拍，于是便产生了如痴如梦而又不失童真童趣的艺术效果。此说高卓精审，说到了点子上。笔者想补充一点：黄山谷的“错位法”是一种艺术构思、有意安排，他匠心独运而又揣着聪明装糊涂，心里明白着呢！

名句很像欧阳修《蝶恋花·庭院深深深几许》中“泪眼问花花不语，乱红飞过秋千去”，似有“偷意”之嫌。但成功的“偷意”也是一种创造。愚以为，黄词“百啭无人能解，因风飞过蔷薇”，画面之生动活泼，花鸟之灵动媚人，景色之发人遐想，其审美意义要远胜于欧词，不失为高格。

作者小传

黄庭坚（1045—1105），字鲁直，号山谷道人、涪翁，分宁（今江西修水）人。治平四年（1067）举进士。历著作佐郎、秘书丞。绍圣初因修《神宗实录》失实被贬。徽宗立，召知太平州，九日而罢，复除名，编管宜州。后徙永州，未闻命而卒。苏门四学士之一。诗与苏轼齐名，词与秦观齐名。著有《豫章集》《山谷词》。

山抹微云　天连衰草

——秦少游的一块金字招牌

满庭芳　秦观

山抹微云，天连衰草，画角声断谯门。暂停征棹，聊共引离尊。多少蓬莱旧事，空回首，烟霭纷纷。斜阳外，寒鸦万点，流水绕孤村。

销魂，当此际，香囊暗解，罗带轻分。谩赢得青楼，薄幸名存。此去何时见也，襟袖上，空惹啼痕。伤情处，高城望断，灯火已黄昏。

"山抹微云，天连衰草"，是秦少游足以自矜骄人，让人目眩的一块金字招牌。

秦观虽为苏门四学士之一，词风却迥异于苏轼。苏为豪放派领军人物，词风豪迈雄健，如大江东去，一泻千里；秦词婉约细腻，如深谷幽兰，香远益清。对秦观的这首代表作，东坡先生的心情似乎有点矛盾。一方面，他非常欣赏这位大弟子的"山抹微云"句，称秦为"山抹微云君"（《艺苑雌黄》）；另一方面，对秦少游的词风，东坡先生却颇不以为然，曾讥诮道："不意别后，公却学柳七词。"少游辩解道："某虽无学，亦不如是。"（曾慥《高斋诗话》）东坡的观点不能说没有道理。柳永是前辈大词人，"凡有井水处，即能歌柳词”（叶梦得《避暑录话》），秦观受他影响不足为奇。再者，东坡凭他专业嗅觉的敏感性，已经察觉到秦观此词与柳永《雨霖铃》在内容、题材、意境、表现手法、情调等方面非常相似，有总体模仿的痕迹。今人夏敬观则说“盖山谷（黄庭坚）是东坡一派，少游则纯乎词人之词也”（《淮海词跋》）。认为秦少游的词在体裁上更符合词的特质和格律，是“词人之词”。至于东坡将秦观与柳永视为同类，念叨“山抹微云秦学士，露花倒影柳屯田”（《避暑录话》），王国维则有精当、中肯的点评，认为秦词“虽作艳语，终有品格”。

从欣赏的角度看，我们大可不必过于关注这类纷争。犹如音乐，喜欢民族的尽可穿着休闲服听听《茉莉花》和《春江花月夜》；追求洋气和高雅的，不妨穿上晚礼服去大剧院正襟危坐地欣赏莫扎特和世界顶尖男高音。

“山抹微云”，在当时就声振林木，名闻遐迩。少游的女婿有次参加一个宴会，受到冷遇，情急之下，便抬出了这块金字招牌。他瞅准机会急忙站起来自我介绍道：“我是山抹微云的女婿。”好家伙，不提尊翁名讳，干脆把金字招牌抬出来了。可见“山抹微云”当时已众口传唱，深入人心，比老丈人的名字还响亮，还管用。

这首词作于元丰二年（1079），是送给一位他所眷恋的歌女的。上片写送别场景，下片抒离别时的伤感情怀。是年词人已三十一岁，既未考中进士，也未谋得一官半职，瞻念前途，迷茫悲凉。《满庭芳》隐含着作者凄凉的身世之感。而这种包含身世之感的主题的深刻性，正是秦词与柳词不可同日而语之处。所以周汝昌先生在评介本词时说，少游是“古之伤心人也”，“他的词，读去乍觉和婉，细按方知情伤，令人有凄然不欢之感”。（《唐宋词鉴赏词典》）

那么，开头八字究竟妙在何处呢？

首先，“山抹微云”句交代了送别的时令、场景，渲染了气氛，为全篇铺垫了感情基调。在一个寒冷而萧瑟的黄昏，远山上空飘浮着几缕淡淡的晚云，极目远眺，衰草连天。孤舟就要出发了，此去渐行渐远，去到那山外天边。这个开头好比折子戏中的名伶登场，在仪仗过场、锣鼓喧天后，一个亮相便博得了满堂彩。

其次，“抹”字下得特别妙。云卷云舒，乃自然现象，非人力使然，作者用一“抹”字，便带上了深深的人工痕迹。谁在“抹”？暮色渐起，远山如黛，云烟飘忽，此情此景，非丹青高手不能“抹”。大师是无须精描细画的，他举起如椽之笔，将那转瞬即逝的山景轻轻一抹，底色上便增添了几缕惹人愁绪的轻云薄雾。一个“抹”字，飞舞灵动，境界全出。

再次，从语言运用的角度看，开头八字也堪称“绝妙好辞”。“山抹微云，天连衰草”，是一副天生的工稳又精巧的对联。此等地方便显出高手炼字锤句的非凡功力。慧心灵性，非常人所能及也。

窃以为，秦少游如果制作名片，应该摒弃一切官职、头衔、美称，只取“山抹微云”四个字。但名片要设计得大一点。正中用唐代大书法家张旭体草书印上七个大字——山抹微云秦学士。

作者小传

秦观（1049—1100），字少游，一字太虚，号淮海居士，高邮（今属江苏）人。苏门四学士之一。元丰进士，被苏轼荐于朝，历任太学博士、秘书省正字、国史院编修官。绍圣初，坐党籍，削秩，监处州酒税。后徙郴州、雷州。卒于放还途中。有《淮海集》。

从“流水绕孤村”到“灯火已黄昏”
——满眼皆是伤心色

（原词见上篇）

秦少游命运多舛，是古之伤心人；伤心人写伤心词，原在情理之中。《满庭芳》中三处写景名句，虽具体景物殊异，但无一不笼罩在“伤心色”之中。

开头“山抹微云”句上篇已作分析，这里存而不论。

先说“斜阳外，寒鸦万点，流水绕孤村”。夕阳西下，黄昏将近，远处天空归巢的寒鸦飞掠而过，江水绕着一个孤零零的村庄转了一圈，向天际流去。景色如画，却过于凄清、冷寂，读了以后，丝丝凉意袭上心头。此三句连同下片开头的“销魂”，系从隋炀帝杨广的《失题》诗“寒鸦千万点，流水绕孤村。斜阳欲落处，一望黯销魂”化出。杨广的诗说得明白，斜阳、孤村、寒鸦、流水，让人一望便要伤神。秦少游看中这“销魂”之景，便毫不客气地“拿来”为己所用，抒发他往事如烟、举酒送别、黯然销魂的极度伤感情怀。词作几乎是原封不动地照搬隋炀帝的诗，但了无痕迹，所以明人王世贞说：“语虽蹈袭，然入词犹是当家。”这是承认秦少游作为行家高手，赋予了原句更丰富的内涵和新鲜血液。

元人马致远又将这一名句化为千古传唱的《天净沙》：“枯

藤老树昏鸦，小桥流水人家，古道西风瘦马。夕阳西下，断肠人在天涯。”秦少游上承隋炀帝《失题》诗，下启马致远《天净沙》，诗、词、曲一路走来，萦回曲折，递进嬗变，用多种文学形式表达同一景色特点，但说来说去，总不离秦少游的“伤心”二字。

再说“伤情处，高城望断，灯火已黄昏”。分手的时刻终于到了，客子登舟，渐行渐远。回望高城，灯火点点的黄昏景象已替代“山抹微云”的傍晚，夜幕降临了。多么想再回头看她一眼啊，但眼前是黑魆魆的一片，“高城已不见，况复城中人?”（欧阳詹《初发太原途中寄太原所思》）词人在这里又一次通过写景掀起了离愁别绪的感情波澜。昔日的柔情与欢娱已化作烟霭，“灯火黄昏”中看未来，未来却空无一物。幸福、欢乐、重逢、憧憬，全都在这重重夜幕中消失得无影无踪，看似生离，其实是“死别”。从“山抹微云”到“流水绕孤村”，到“灯火已黄昏”，几次三番，柔肠寸断，现在闭眼想想那“襟袖上、空染惹痕”的情景，心都快要碎了！

《满庭芳》与柳永的《雨霖铃》在取材、立意、情境、用语等方面颇为相近，名句也给人以“似曾相识”的感觉。一个是“寒蝉凄切”“骤雨初歇”，一个是“山抹微云，天连衰草”；一个是“杨柳岸、晓风残月”，一个是“夕阳外，寒鸦万点，流水绕孤村”；一个是“念去去千里烟波”，一个是“伤情处，高城望断，灯火已黄昏”。二者伯仲之间，比肩而行可也。

但细究起来，二人的借景抒情是不能画等号的。柳永是“泻情”式的抒情，其特点是一泻无余，毫无保留；秦观则尚有保留，并未倒尽，景色中另藏隐情，犹如封装好的陈酒佳酿，不到开瓶品咂，是说不准它的好处的。我们只要了解一下秦少游的身世、其时的处境、离别的心情，便不难理解。才华横溢而功名难就，年已老大而岁月蹉跎，生离死别而对景难排。这种身世之感是秦词名句的灵魂。柳词名句缺少这一点,因此显得肤浅和直白。以故秦少游在苏东坡指责他“不意别后,公却学柳七词”时辩白道:“某虽无学,亦不如是。”

三句名句从傍晚写到日暮,从日暮写到黄昏,景色美、寓意美、意境美、音调美,“四美俱”,美不胜收矣!那么,一言以蔽之,它究竟是一种什么样的美景呢?张福庆先生认为,“《满庭芳》中所描写的画面”“是一种凄美之景”(《唐宋词审美谈》)。先生所言甚是。

“便胜却人间无数”与“又岂在朝朝暮暮”
——“气骨不衰”是根本

鹊桥仙·七夕　　秦观

纤云弄巧，飞星传恨，银汉迢迢暗渡。金风玉露一相逢，便胜却人间无数。

柔情似水，佳期如梦，忍顾鹊桥归路。两情若是久长时，又岂在朝朝暮暮？

秦少游的《鹊桥仙·七夕》取材于美丽的神话，揭示的却是人间永恒的爱情主题。上片以“纤云”“飞星”“银汉”“金风玉露”等意象营造牛郎、织女相会的如梦似幻的意境，赞叹此会的不同凡俗，“胜却人间无数”。下片描写牛郎、织女乍逢又别的情景，以“两情若是久长时，又岂在朝朝暮暮”作结，歌颂牛郎、织女爱情的坚贞与永恒。其中的两个名句以崇高的思想境界和耐人寻味的理趣，在众多以爱情为题材的宋词作品中拔得了头筹。名句之所以为名句，用宋人张炎的话说是因为“气骨不衰”（《词源》）。

美好的爱情值得歌颂，值得追求，古今无数痴情男女甚至为之付出了生命的代价。那么就一般而言，人们要追求什么样的目标，达到怎样的境界呢？——无非是耳鬓厮磨，朝夕相伴；花前月下，卿卿我我；相敬如宾，白头偕老。简言之，就是沐浴在爱河里，形影不离。“在天愿作比翼鸟，在地愿为连理枝”是他们心目中的理想境界。但人生不如意事常八九，情人们常常要忍受离别的煎熬。于是便有了《古诗十九首》中“同心而离居，忧伤以终老”的伤感，有了《诗经·采葛》“一日不见如三秋兮”的慨叹，有了李白《三五七言》“相思相见知何日，此时此夜难为情”的无奈与难挨。然而这些东西看多了易生审美疲劳，人们盼望清新的格调，更高的境界。

《鹊桥仙》中牛郎、织女的爱情故事让人眼前一亮，其思想境界要高人一筹。我们不妨将它与《古诗十九首》中的《迢迢牵牛星》作一简单比较，一比其境界与格调便高低立现。试看《迢迢牵牛星》：“迢迢牵牛星，皎皎河汉女。纤纤擢素手，札札弄机杼。终日不成章，泣涕零如雨。河汉清且浅，相去复几许？盈盈一水间，脉脉不得语。”这首诗写牛郎、织女对爱情的强烈追求和不能相见的无比痛苦。诗中“终日不成章，泣涕零如雨”的织女形象凄美动人；“盈盈一水间，脉脉不得语”也是脍炙人口的名句。但诗的立意止于离别，留给读者的也只是怜悯和同情。而《鹊桥仙》却另辟蹊径，歌颂牛郎、织女爱情的纯洁、真挚、高尚、伟大。他们在三百六十五日的漫长等待后，终于在金风玉露的美好时刻迎来了一夕之会。虽然时光短暂，但爱情的“质量”非常高，胜过人间无数次庸俗的约会。欢娱恨夜短，他们又到了分手的时刻了，牛郎、织女二人一点也不悲切，而是一反世俗常态，奏出了爱情的高亢的最强音。“两情若是久长时，又岂在朝朝暮暮？”它告诉人们，真正的爱情经得起长久离别的考验；反之，能经得起久别考验的爱情才有资格称得上是真正的爱情。有首歌唱得好，身在千里之外，却要“等你一万年”！可以说，这种源于持久等待的崇高精神境界是对世俗婚恋观的一种挑战，是对爱情中美好因素的提炼与升华。这一点是《迢迢牵牛星》所难以企及的。

这个名句之所以这样值得人们“含英咀华”，深长回味，得力于它的立意高远、角度新奇，得益于语言精警和议论风生。所以明人沈际飞在《草堂诗馀》里评论道：“七夕以双星会少别多为恨，独谓情长不在朝暮，化臭腐为神奇。”此说非溢美之词，乃是深中肯綮之论。

我们在名句的“气骨”里不仅感受到了天上的“仙风”，同时也由它的哲理性领悟到了尘世间的爱情真谛。天人合一，天上人间两相宜！

飞红万点愁如海

——秦少游的生命悲歌

千秋岁　秦观

水边沙外，城郭春寒退。花影乱，莺声碎。飘零疏酒盏，离别宽衣带。人不见，碧云暮合空相对。

忆昔西池会，鹓鹭同飞盖。携手处，今谁在？日边清梦断，镜里朱颜改。春去也，飞红万点愁如海。

“飞红万点愁如海”是写“愁”的千古绝唱。近人孙闰庵先生有言道：“‘愁如海’一语生色，全体皆振，乃所谓警句也。”（俞陛云《宋词选释》）

该词作于绍圣二年（1095），时少游贬监处州酒税，因游处州府治南园而作。上片写江南暮春，莺飞草长，花影摇曳，莺声宛转；感慨无端遭贬，身在荒城，心有向往，而佳人不至。下片回忆元祐七年（1092）与二十六人同游汴京金明池，“诏赐馆阁花酒”的旧事，悲叹美好时光飞逝，收束全篇。

此词以“愁”为意，结构全篇。“城郭春意退”，一愁也；“飘零疏酒盏”“离别宽衣带”，二愁也；西池盛会，风光不再，三愁也;壮志未酬,“镜里朱颜改”,四愁也。结句总绾四愁,曰“飞红万点愁如海”。人生皆有愁。古人愁,今人愁,恐怕未来人也难免要愁。宋人范成大预言道:“古人愁不尽,留与后人愁。”(范成大《江上》)因为“愁”是人世的普世体验,所以古代诗词中便有许多牢笼万物、绵延古今的有关“愁”的名句。李白的“横江欲渡风波恶,一水牵愁万里长”(《横江词》),“白发三千丈,缘愁似个长”(《秋浦歌》),是形容“愁”之绵长不尽的;柳宗元的“城上高楼接大荒,海天愁思正茫茫”(《登柳州城寄漳、汀、封、连四州》),是抒写愁绪像海天般宽广无边的;杜牧的“假如三万六千日,半是悲哀半是愁”(《寓题》),是说人生一世,难免多愁;李煜的“问君能有几多愁,恰似一江春水向东流”(《虞美人》),愁既多且长,又绵延不绝;李清照的“只恐双溪舴艋舟,载不动,许多愁”(《武陵春》)则沉重无比,让人心胸压抑。

与上述名句比,秦少游别出机杼,以大海作比。大海浩瀚无垠,深不可测,波涛汹涌,汪洋恣肆。它大到占据了地球的一半以上面积,深可容纳百川。海水不可计量,谁要去用斗量,用蠡测,人们肯定要笑他是疯子!大海之大、之广、之深、之不可测量,世间无物可比,但有一种人类的感情可以作比,这就是秦少游的“愁”。

秦少游不光在《千秋岁》中写“愁”,“愁”在他的其他词作中也触目可见。他曾把“愁”和“泪”比作春江,说“便做春江都是泪,流不尽,许多愁”(《江城子》);他曾仰望天空一行行飞过的大雁,伤心地写下“困倚危楼,过尽飞鸿字字愁”(《减字木兰花》);他曾描写“愁”的纤细和不绝如缕,说“无边丝雨细如愁”(《浣溪沙》)。这些句子虽各尽其妙,但都不如“愁如海”的比喻切当、寄慨深广,他把一生之愁全部倾倒出来,再搜来古今之愁,最后还准备搭上性命,一股脑儿地倾向大海,要跟大海一比高下，究竟谁多、谁广、谁深！据记载，宋人曾布见此词结尾惊叹道：“秦七必不久于世，岂有‘愁如海’而可存乎？”（曾季狸《艇斋诗话》）孔毅甫也认为言语过于悲怆，对亲友说：“秦少游气貌大不类平时，殆不久于世矣。”（曾敏行《独醒杂志》）这些担心不无道理。少游在苏轼、黄庭坚等师友中，年最少而去世最早，曾布、孔毅甫之言良有以也。

秦少游少有大志，喜读兵书，但命途多舛。他科考落第，爱情失意，政治蹭蹬，一贬再贬。俗说“罚了不打，打了不罚”，命运对少游却罚了又打，打了又罚，打打罚罚，最后连官俸也被剥夺。少游实在经不起这样无情的打击和挫折，他要用“愁如海”来发泄他无比深广的悲恨。

这个名句虽悲但很美。孙惟城先生指出：秦观的词表现出对生命活力不能舒展的忧郁，表现出在强大外力面前生命的无可奈何，但他始终跋涉在自由生命追求的旅途中，这就是秦观词韵美的人生内涵。所以我们在欣赏这个名句时不应只是悲叹、同情和怜悯。

可堪孤馆避春寒　杜鹃声里斜阳暮

——身处绝境的凄厉之声

踏莎行　　秦观

雾失楼台，月迷津渡，桃源望断无寻处。可堪孤馆避春寒，杜鹃声里斜阳暮。

驿寄梅花，鱼传尺素，砌成此恨无重数。郴江幸自绕郴山，为谁流下潇湘去？

秦少游的《踏莎行·郴州旅舍》佳句迭出，可谓句句警策，字字珠玑，让人望而生怜，顾而忘返。王国维特别欣赏其中的“可堪孤馆避春寒，杜鹃声里斜阳暮”。他在《人间词话》里说：“少游词境最为凄惋，至‘可堪孤馆避春寒，杜鹃声里斜阳暮’，则变而凄厉矣。”凄厉，《辞海》释为“凄惨尖厉”，叶嘉莹女士则根据此处具体语境理解为“强烈惨痛的悲哀”。要之，它是身处绝境的秦少游发出的寒蛩之鸣。

此词写作时间大约是绍圣四年（1097）春三月，作于郴州旅舍。此前由于朝中新旧党争，秦观一贬杭州通判，再贬监处州酒税，接着又被人罗织罪名，贬徙郴州，削去官爵和俸禄。也就是说“开除公职”，连赖以生存的“工资”也停发了。这是秦观处境和心境最为恶劣的人生低谷时期。

首句连用“失”“迷”“无”三字，勾勒一个典型意象中的典型环境：楼台消失在茫茫迷雾中，渡口隐没在朦胧的月色中，可以逃避现实、躲避痛苦的“世外桃源”也无处可寻了。我们隐约感受到了作者迷惘、孤苦、身陷绝境的凄惶：失去了继续前行的参照物——楼台，找不到渡往彼岸的渡口，更没有避秦时乱的人那样幸运，“桃源”也无处追寻了。他独居客馆，春寒料峭，夕阳西下，杜鹃啼血。下片写来自远方友人处的梅花、书信，更增无限离恨。本该绕郴山流动的郴江竟也舍他而去，作者无比怨愤地问道：“为谁流下潇湘去？”全词以疑问句作结，抒发强烈的身世感慨，意蕴极为丰富。

现在来具体说说“可堪孤馆避春寒，杜鹃声里斜阳暮”。

这是少游旅居郴州时景况的艺术概括，也是真实的生活写照。“可堪”者，“不堪”也。具体而言，“不堪”有五。其一是“馆”字。西汉《古诗》云：“日暮途且远，游子悲故乡。”少游此时一贬再贬，幽居客馆，能不倍思乡？其二，“孤馆”。少游只身羁旅郴州，既无眷属在侧，亦无童仆候门，悲苦凄凉，又添一层。其三，早春时令，乍暖还寒，最难将息。这忽冷忽热的天气和难耐的春寒，把人折腾得够戗，极似自己一贬再贬，每况愈下的处境。其四，杜鹃鸟恼人的啼声让你思乡、哀怨，让你凄惶。这由传说中古蜀国国君杜宇之魂所化之鸟，其鸣凄厉，它一刻不停地叫啊叫：“不如归去，不如归去……”不舍昼夜。“杜鹃啼血猿哀鸣”，“一叫一回肠一断”，这叫声简直像是在追命。其五，夕阳西下，黄昏临近，难耐的漫漫长夜就要来到。孤馆寒灯，荒城寂寥，这注定又是一个难眠之夜。上述情景犹如五道大门，重重叠叠，把词人禁锢在“凄厉”的氛围里。

端的不能忍受，有谁能够经得起？即使是心理意志最坚强的人也承受不了啊！所以王国维的“凄厉”不属一般的炼词范畴，而是号准了可怜的秦少游的病脉。

如果我们仅仅把这两句看成是成功的写景佳作，那就未免皮相。王国维指出："'可堪孤馆避春寒，杜鹃声里斜阳暮'，有我之境也。"并进一步解释说："有我之境，以我观物，故物皆著我之色彩。"说白了就是借景抒情，景中有人，人物有自己的喜、怒、哀、乐，种种复杂的、不便直书的、难以言表的、属人物自我的东西，要通过景物来传递感情之信息，这是一种"物我双会"的境界。

我们又一次感受到了秦少游以情造景的魅力。反复吟诵这个凄凉优美的名句，能萌生空灵蕴藉之感，用叶嘉莹女士的话说，叫"感动兴发"。

一川烟草　满城风絮　梅子黄时雨

——贺方回的江南断肠句

青玉案　贺铸

凌波不过横塘路，但目送、芳尘去。锦瑟华年谁与度？月桥花院，琐窗朱户，只有春知处。

飞云冉冉蘅皋暮，彩笔新题断肠句。试问闲愁都几许？一川烟草，满城风絮，梅子黄时雨！

贺铸于大观三年(1109)辞官定居苏州盘门外横塘，时年五十七岁，妻已去世八年。著名的《青玉案》即作于这一时期。春末的某一天，有一位绝代佳人路过横塘，美人行路如凌波，身材如曹子建笔下的洛水女神一样窈窕，词人心驰神往，希望美人能走到他身边来。但人家只是路过而已。贺方回就此得了相思病，并写下了这首相思词。

贺铸身高七尺，面铁色，眉目耸拔，状貌奇丑，人称“贺鬼头”。但《青玉案》一词却一反其貌，写得像崔护笔下的“人面桃花”一样妩媚可人。据文献记载，此词一出，当时文坛名流苏轼、李之仪、黄庭坚、周紫芝诸人纷纷用《青玉案》词牌填词，和贺铸韵。黄庭坚更是作诗赞赏，说：“少游醉卧古藤下，谁与愁眉喝一杯？解作江南断肠句，只今唯有贺方回。”(《寄贺方回》)认为秦少游之后，词坛唯贺方回一人而已！

歇拍的"梅子黄时雨"更是享有盛名，时人皆呼贺铸为"贺梅子"。贺铸是继秦少游之后又一个以名篇名句得到别名的人，周汝昌先生感叹说，晚近时代，似乎再也没有听说哪位诗人词人因哪个名篇名句而得享别名而传为佳话的。这也从另一个侧面说明了这一名句沉甸甸的分量。

词中的"闲愁"，周汝昌先生认为"是古人创造的一个可笑也可爱的异名，其意义大约相当于或接近于今日的所谓'爱情'"。这对我们理解全词大有裨益。这首词其实就是写"惊鸿一瞥"后的单相思。春末作者在横塘邂逅一美貌女子，他希望她能走到自己身边来，然而美人终于没有走过来。于是他便陷入了想入非非的单相思中。想象美人与谁一起居住、生活，住处环境是否美丽、豪华，并且在幻想中伫立久等，直至日暮。佳人终于未至，词人的满怀愁绪就像"一川烟草，满城风絮，梅子黄时雨"！

作者是动了真情的。因为佳人实在太美了！词的一开头就把这位佳人比作《洛神赋》中的洛水女神，"翩若惊鸿"是描写女神的千古名句。这位可与女神比肩的美人纤纤细步，体态轻盈，风姿绰约，一睹而让人销魂。贺方回以五十七岁之年而掀起强烈的感情涟漪，说明她确实是位"一顾倾人城，再顾倾人国"（李延年《佳人曲》）的"超美"。见美而心生爱意，乃人之常情。更何况方回已独身多年，而且他只停留在单相思的"思"上，并无任何非礼之举呢！以贺铸的身份和修养，他的这份感情，仍应定位在人类美好感情中的"爱情"范畴。

贺铸在苏州所筑之"企鸿居"，亦祖意于"翩若惊鸿"，仍是属意这位美女。耿耿在心，念念不忘，朝思暮想，忧愁惆怅，这正是名句深刻的思想内涵。

严格地说，题中的名句，只是半句话，它是"试问闲愁都几许"这个设问句的对句，欣赏时必须跟问句联系起来。对句由三个并列短语组成，都是用来回答"闲愁都几许"的。三个比喻的共同点是形容"愁"多，但又各有侧重。"一川烟草"比喻愁的浩渺无边，着眼于空间；"满城风絮"比喻愁的纷繁杂乱，着眼于形态；"梅子黄时雨"形容其绵延不休，着眼于时间。三个喻体从不同角度瞄准本体，这种组合拳式的博喻，其形象之鲜明，气势之充足，力度之强大，非单一比喻所能比。

这里有个问题：在三个比喻之景未出现前他有没有"愁"？——当然有愁，不过接触了景物后更愁，三者叠加，愁得多了。原本就愁，还要面对无边的烟雨芳草、满城飞舞的柳絮、淅淅沥沥下个不停的黄梅雨，真是情何以堪！

名句呼应起句中的"但目送、芳尘去"。目送之情与眼前之景融为一体，使全词声气相通，达到了浑然一体的艺术境界。

作者小传

贺铸(1052—1125)，字方回，卫州共城(今河南辉县)人。貌丑，人称"贺鬼头"。能诗文，尤以词名于世。所作《青玉案·凌波不过横塘路》中有"梅子黄时雨"句，时人服其工，称"贺梅子"。著有《贺方回词》，诗集名《庆湖遗老集》。

登临望故国　谁识京华倦客
——“客中送客”情何堪

兰陵王·柳　　周邦彦

柳阴直，烟里丝丝弄碧。隋堤上、曾见几番，拂水飘绵送行色。登临望故国，谁识京华倦客？长亭路，年去岁来，应折柔条过千尺。

闲寻旧踪迹，又酒趁哀弦，灯照离席。梨花榆火催寒食。愁一箭风快，半篙波暖，回头迢递便数驿，望人在天北。

凄恻，恨堆积！渐别浦萦回，津堠岑寂，斜阳冉冉春无极。念月榭携手，露桥闻笛。沉思前事，似梦里，泪暗滴。

《兰陵王》为长调词牌，全词长达一百三十字。词的结构也由常见的长调的上片、下片变为“三段式”，即上片、中片、下片。周邦彦是运用长调铺陈叙事的能手。他一生仕途不顺，做官时间很长但官位不高，并被反复折腾，在京官与外任间奔波不已。对此诗人常有感叹。周邦彦精通音律，能自度曲，与歌妓往来密切，多有缠绵之作。上述情况使周邦彦的长调具有反复铺陈、角度多变、深度开掘、缠绵悱恻的特点。

这首词以柳为题，用浓重的笔墨多方渲染，表现了人生离别的深沉感受，是周邦彦最能反映其思想感情、艺术风格和创作成就的代表作。

此词的有关时、地、人、事，词中未作清楚交代，读来犹如“雾中看花”。莫说初学者“摸不着北”，便是专家、学者也莫衷一是。问题的关键是词中的“京华倦客”即周邦彦在这首词中扮演了怎样的角色，是他送客，还是别人送他。清人周济在《宋四家词选》中说这首词是“客中送客”，胡云翼先生在《宋词选》里更进一步揭示该词主旨，认为是“借送别来表达自己‘京华倦客’的抑郁心情”。但也有人持不同意见，如《唐宋词鉴赏词典》就认为，该词系周邦彦离开京城时所作。

在没有发现新的有力证据之前，“就词论词”，笔者以为周济的说法可能更接近事实。理由如次：其一，周邦彦一生历神宗、哲宗、徽宗三代，三进汴京又三次离京外任，反复折腾，但官都做得不大。这种经历难免会给他的心灵投下巨大阴影。自称“京华倦客”，为别人送别时发故国之思和身世之感，完全在情理之中。其二，词中唯一出场的人物就是“京华倦客”周邦彦，关于此点各方并无异议，如果他是被送行的对象，他应该为离开汴京而高兴才是，离开却要大发“故国”和“倦客”之感慨，这是无论如何都说不通的。其三，从词的主题看，清人陈廷焯说“登临望故国，谁识京华倦客”是“一篇之主”（《白雨斋词话》），此说甚是。然而这一论断必须有一前提，就是主人公必须立足京华、身在汴京、没有被别人“送”走才能成立，主题才是深刻的；反之，全词便无神无主，成了杂七杂八的材料堆砌。

由“登临”句展开的全词意脉是怎样的呢？上片由柳阴、柳丝、柳条、柳絮渲染送别氛围，由此而引发故国之思和倦客之感。接着写送别之频、折柳之多、离愁之深，暗寓“客中送客”之意。中片写离席和惜别，作者宕开一笔，用另一次离别映衬今日之别，“京华倦客”更见愁苦；继写寒食时节分别，愈增惆怅，再写船儿渐行渐远，更见忧伤。下片写别后凄楚：“津堠岑寂”，夕阳西下，无边的春色，恼人的前事，一齐袭上心头，终于黯然神伤，暗暗流下了伤心的泪。

名句是凝练的抒情之句。“故国”者，故乡也，此处与杜甫《上白帝城》中的“取醉他乡客，相逢故国人”中的“故国”用法同。作者送客南行，想起自己的故乡钱塘，不由地登高临远，向远方的故乡眺望。“谁识京华倦客？”——虽然冠盖满京华，但知己能有几？怀才不遇，无人赏识，久客他乡，淹留京华，他已经厌倦了！陈廷焯在《白雨斋词话》里论及此句时说：“登临”句将“久客淹留之感，和盘托出”，可谓一语破的。

今人张福庆先生在《唐宋词审美谈》中紧扣“情”字，从审美角度赏析，说该句有“四可悲”：“京华为客，是情之一可悲；久居京华，已成倦客，是情之二可悲；登临望故国而不见，是情之三可悲；隋堤之柳只见行人依依惜别之悲，却没有看到客中送客的京华倦客之悲，是情之四可悲。”诚哉斯言！远离故乡，孑然一身，客中送客，情何以堪！

作者小传

周邦彦（1056—1121），字美成，自号清真居士，钱塘（今浙江杭州）人。北宋词人。为神宗赏识，任地方官多年。徽宗时提举大晟府（中央音乐机关），为皇室制礼作乐。有《清真居士集》，已佚。今存《清真集》，又名《片玉集》。

三　兰桂齐芬

——稻花香里说丰年　听取蛙声一片

知否 知否 应是绿肥红瘦

——人工天巧新耳目

如梦令 李清照

昨夜雨疏风骤，浓睡不消残酒。试问卷帘人，却道“海棠依旧”。知否，知否？应是绿肥红瘦！

李清照的词之所以能博得众人喜爱，一个重要的原因，是遣词炼句时力图创新。她从不步人后尘，更不拾人牙慧，而是独辟蹊径，走自己的路。在写这首词前是否曾惨淡经营、苦心锤炼，我们不得而知。但下笔时大概会有个反复推敲、字斟句酌的过程。只是我们看起来如小溪萦回，暮云出岫，得来全不费工夫罢了！“知否，知否？应是绿肥红瘦”就是这种创新型名句，王士祯赞誉道：“人工天巧，可称绝唱。”（《花草蒙拾》）

胡仔在《苕溪渔隐丛话》中称“‘绿肥红瘦’，此语甚新”。“新”可以有多种解读，其中之一便是将形容词“绿”“红”活用为名词，分别与“肥”“瘦”组合成主谓结构，形象而又生动地表现了春末夏初花儿凋零、绿叶满枝的时令特点，令人耳目一新。

与诸多名句一样，该句出现在结拍。但与众不同的是，它是以对话的形式出现的。在一个风雨交加的夜晚，女主人公酒后沉睡，一觉醒来，已是风停雨住，晨曦临窗。此时侍女进屋卷帘，词人问她院子里的花儿怎样了，那傻丫头漫不经心地回道："没啥变化，您的宝贝海棠花好着呢！"诗人微嗔道："你知不知道，知不知道呀？现在已是暮春季节，一夜风吹雨打，该是枝叶更加茂盛，红花凋了又凋啦！"这一名句在具体情节和人物对话中出现，读来饶有兴味。

对于"绿肥红瘦"，很多人不遗余力地作过解释、今译，但总觉得缺少了原作的清纯、典雅、神采、韵味。"绿肥红瘦"文字凝练、精粹，内容却繁复多姿，它的妙处和不可替代性，正在于"以少少许胜多多许"。

残春将尽，初夏将至，时令正经历一个由稳定而临界转换的关节期，花卉、草木的生长会在短暂的时间里发生此消彼长的变化，花的世界将让位于万木葱茏、芳草萋萋。这种自然界的微妙变化，到了词人笔端，便成了"绿肥红瘦"。作者将"绿"与"红"、"肥"与"瘦"对举，将其置于对立统一中考察，不但色彩鲜明，而且还突出了变化的可感可知性。只是这一切与傻丫头本分工作关系不大，她平时没有观察的习惯，也不善体物入微，所以说"海棠依旧"。她的"依旧"，大概是指没有被雨淋倒、被风刮折吧？

初读词中对话，会有似曾相识之感。原来它与唐人杜牧的"借问酒家何处有，牧童遥指杏花村"极为相似。杜诗中的亮点在"遥指"，牧童懒得开口，用肢体语言回答诗人的询问，形象鲜活可爱；李词中"卷帘人"之答大而化之，所答其实非所问，一副憨态可掬的样子。但杜诗中"遥指"后再无下文，而李词在应对后，有一愠怒、训诫式的续句，这一续便续出了"绿肥红瘦"的千古绝唱。

作者用含蓄、委婉的方式抒发了伤春、惜春的情怀。"夜来风雨声，花落知多少？"作者关心一夜风雨后的落红，但不直抒胸臆，而是用"绿肥红瘦"这种微妙的物候变化寄托自己的惋惜之情。抒情含而不露，须用心灵去体会。

名句是作者内心世界的展示。常言道，好花不常开，好景不常在。春光虽好，却转瞬即逝，作者不由地联想到人间世事，一切美好的景物和人事如同春光，都短暂而易逝，所以她为了这点“小事”要嗔怪“卷帘人”，其中的美学意义深刻而耐人寻味。

与李清照一些充满愁情苦调的词比，名句活泼、轻快，充满生活情趣。有人建议，应该像称秦少游为“山抹微云君”，称贺方回为“贺梅子”一样，也给李清照一个别号，叫“绿肥红瘦居士”。这真是个绝好的主意，我们应该抚掌击节，同声附议。

作者小传

李清照（1084—1151），号易安居士，济南（今属山东）人。宋代著名女词人，初嫁金石家赵明诚。建炎三年（1129）夫卒后，流寓越州、杭州，晚居金华。其词以南渡为界，分前后两期。代表作有《如梦令》《声声慢》等。有《易安居士文集》《易安词》，已佚。后人辑有《漱玉词》，今人有《李清照集校注》。

此情无计可消除 才下眉头 却上心头

——愁到心头更难消

一剪梅 李清照

红藕香残玉簟秋。轻解罗裳,独上兰舟。云中谁寄锦书来? 雁字回时,月满西楼。

花自飘零水自流。一种相思,两处闲愁。此情无计可消除,才下眉头,却上心头。

《一剪梅》是李清照闺房词的代表作。

此词系词人思念远离的丈夫赵明诚所作。作品通过"独上兰舟""登楼望月""花零水流""两处闲愁"四个场景,从不同侧面描述了女主人公一整天为情所困扰、为愁所笼罩,无法排遣、无计可施的思夫情结。作品多用"红藕""玉簟""兰舟""锦书"等词语,庄重典雅,切合闺中知识女性的身份;"轻解罗裳"与"独上兰舟","一种相思"与"两处闲愁"等对偶,句式整齐,音韵和谐,体现了作者词"别是一家"的艺术主张和特有风格。

"无计可消除"的内容,词里说得明白,是"情",或者说是与爱情紧密关联的"闲愁",一种缠绵悱恻、整天萦绕身心、无法摆脱的相思之苦。它如影随形,挥之不去;它无法排遣,无可寄托;它无法通过空间活动的转换而改变,也无法通过心理干预进行自我克制而奏效。这便是“此情无计可消除”的含义。

名句出现在篇末，是全天活动的概括，也是无法排遣的闺情愁思的升华。俗话说，“句不离篇”。全篇的景物有红藕、玉簟、兰舟、西楼、云、月、雁、水、花，从植物到动物，从静到动，从陆到水，从地面到空中，可谓异彩纷呈。但带给她的信息全是负面的。红藕的凋零让人伤感；玉簟的清凉侵入肌肤；独上兰舟，了无意趣；雁字回时却无锦书捎来；西楼望月月圆人不圆；落花不解人意，绿水径自远流。在这里，景与情相乖、相悖、相牴，没有一件能化解女主人公的愁思苦绪。相反，这种情绪在景物的浸润下愈积愈浓，愈堆愈沉，以至于“才下眉头，却上心头”。

由“眉头”到“心头”，不只是简单地说明“此情无计可消除”，这一过程还包含一种“质”的变化，即由外到内、由表到里、由形貌到精神，进而到“心头”。常言道：为人可以伤皮伤肉、伤筋伤骨，万不能伤心。愁到心头，是为极致，当然也就更难消除了。

名句虽然历来为人称道，却是从范仲淹的《御街行》中的“都来此事，眉间心上，无计相回避”脱胎化来的。当然，无原作的启发，李清照纵然是天才，恐怕也不可能立地口吐莲花，落笔字字珠玑。但仿句高于原句，却又是不争的事实。其一，原句中“眉间”“心上”无轻重之分，也并不强调二者的转换，而仿句如上所述，由“眉头”到“心头”，却包含一种“质”的飞跃；其二，原句文字平铺直叙，仿句却精心锤炼、打造，以“才下”与“却上”对举，形成回旋复沓之修辞形式，诵之如行云流水、珠落玉盘，哀怨中含清婉秀丽之神韵；其三，仿句对原句并非是“整体搬迁”，而是取其神髓，化为己有，点化而了无痕迹，真乃“青出于蓝而胜于蓝”。如果说用“好”形容原句是恰当的，那么清人王士祯对此句的“特工”的评价，便称得上精当与中肯了。

好句子总是人见人爱，心动时常常要仿一仿、学一学。明人俞彦便在《长相思》中盗用李清照的名句，道是“轮到相思没处辞，眉间露一丝”，这是点化前人名句翻出新意的又一例，亦足见该名句影响之深远。

名句的语言也有鲜明的个性与特色。上片多用典雅词语，如用“玉簟”形容“光滑的竹席”，用“罗裳”形容女性的服饰，用“兰舟”来美称船，用“锦书”来美称书信。而歇拍的名句却通俗易懂，明白如话。前者雅而华美，后者俗而工巧，由此可见作者驾驭语言的功力。

全词的感情基调是愁苦的。但作者憧憬着未来，向往重逢时美好的爱情生活，所以有专家将其誉为“伤感的小夜曲”。以故李泽厚先生在评价此词时说：“尽管哀伤，仍然轻快；虽然叹息，总是轻盈。”这些评价可供我们在欣赏名句时作参考。

帘卷西风　人比黄花瘦

——“瘦”出了永恒的艺术生命

醉花阴　　　　李清照

薄雾浓云愁永昼，瑞脑消金兽。佳节又重阳，玉枕纱橱，半夜凉初透。

东篱把酒黄昏后，有暗香盈袖。莫道不消魂，帘卷西风，人比黄花瘦。

李清照与赵明诚的婚姻是令人艳羡的。赵、李两家门第相当，二人情趣相投，婚后情欢意洽。不久，赵负笈远游，李殊不忍离别，为表闺阁相思之苦，乃作《醉花阴》函致赵明诚。

词的上片写重阳之日虽是佳节，但天气非常恼人，“薄雾浓云愁永昼”。清照闺中独居，“每逢佳节倍思亲”。入夜思夫尤甚，辗转不寐。内心烦躁，半夜方觉有点凉意。下片写黄昏把酒赏菊终无心绪，西风卷帘，人花相映，人之憔悴，甚于黄花矣。

据《琅嬛记》记载，赵明诚接到这首词后十分赞赏，自愧弗如。但又于心不甘，想方设法要胜过她。于是闭门谢客，废寝忘食三昼夜，填了五十首词，将李清照的《醉花阴》混入其中，然后给他的朋友陆德夫看。陆再三把玩，曰：“只三句佳。”赵明诚问是哪三句，答曰：“莫道不消魂，帘卷西风，人比黄花瘦。”

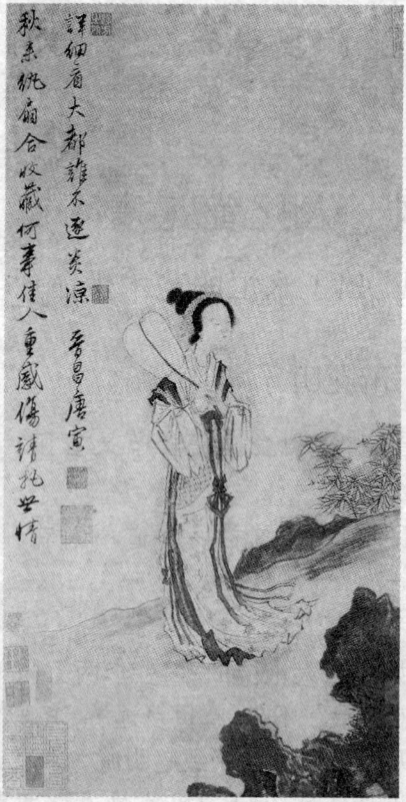

明·唐寅 秋风纨扇图

对这个美好的文学故事，我们毋宁信其有，不必去怀疑它的真实性。故事的结果有其必然性。首先，从文学才华看，赵不及李。宋人王灼称李清照“才力华赡，逼近前辈，在士大夫中已不可多得”（《碧鸡漫志》）。清人王士祯主张“婉约以易安为宗”（《花草蒙拾》）。王又华在《古今词论》里更是引明人沈谦的话说：“男中李后主，女中李易安，极是当行本色。前比太白，故称词家三李。”可见，赵虽能诗善词爱金石，但才华与“当行本色”的妻子比，二人本不属一个“量级”，无可比性。其次，文学创作须有第一手的创作素材和生命体验。词中展现的内容是一位感情丰富的女子的心理体验。李清照有深闺怀远的悲情苦调之基础，赵明诚则无。赵明诚强己所难，难免枉费心力。再次，此三句所刻画的凄清的时令、特殊的意境、细腻的情感、幽怨的格调，是女性作者的强项，李清照属“自己写自己”。清人王闿运说，“此语若非女子自写照，则无意致”。赵明诚以一男儿身，欲与之比高下，写出来的东西肯定要“无意致”了。

这一故事给我们两点启示:其一,李氏此句确系深闺怀远的千古绝唱,毋庸置疑;其二,名句的铸成离不开主客观条件,而这些条件由作者深涵厚养而形成,绝不是简单的文字技巧上的事。

欣赏这一名句还应与前一句“莫道不消魂”联系起来品咂,甚至应该把它放到全篇中作总体把握。重阳本是个美好的节日,登高望远,饮酒赏菊,亲人团聚,其乐融融,怎么说也不是一个让人“消魂”的节令。可是女主人公却因为丈夫远行,独守闺房,日夜思念,容颜在西风残照里更显憔悴,比黄花还瘦。本不该消魂的节日“消魂”了,所以说“莫道不消魂”。实际上末三句是女主人公“愁永昼”“半夜凉初透”两个时段感情积累的总爆发,如山泉喷涌、异峰突起,是全篇的精、气、神之所在。

从修辞的角度看,名句也有两方面的突破:一是人们习惯于以花之美喻人之美,而李清照却以花之“瘦”来比人之“瘦”。二是在写“瘦”方面,有以绿杨作比的,如秦观的“依旧,依旧,人与绿杨俱瘦”(《如梦令》);有以梅花作比的,如程垓的“人瘦也,比梅花,瘦几分”(《摊破江城子》),而李清照别出心裁,独与菊相比。菊茎长叶细,花瓣瘦弱。在飒飒西风的劲吹下,它“宁可枝头抱香死”(郑思肖《寒菊》),就更显得憔悴堪怜。以菊比人,就近取譬,非常贴切。

清人陈世焜说名句“无一字不秀雅”(《云韶集》);今人张福庆先生说,“在这里,情欲被融化了,生命的躁动被升华为另一种高尚的、优雅的、执著的感情”(《唐宋词审美谈》)。这些评价从不同方面肯定了名句的永恒的艺术生命力。

寻寻觅觅　冷冷清清　凄凄惨惨戚戚
——十四叠字见大气

声声慢　　李清照

寻寻觅觅，冷冷清清，凄凄惨惨戚戚。乍暖还寒时候，最难将息。三杯两盏淡酒，怎敌他晓来风急？雁过也，正伤心，却是旧时相识。

满地黄花堆积，憔悴损，如今有谁堪摘？守著窗儿独自，怎生得黑！梧桐更兼细雨，到黄昏、点点滴滴。这次第，怎一个愁字了得！

作者作此词时，北宋灭亡，金人已入主中原；南渡后，她生命中最重要的人——丈夫赵明诚不幸病故；她与丈夫心血所系的典籍、图书、金石也散失殆尽。其处境堪用“国破家亡”形容。在如此动荡的岁月，孑然一身的一个弱女子还要经受颠沛流离之苦，境况之凄惶、悲凉不言而喻。

一个“愁”字笼罩全篇。首句连用十四个叠字，暗含一个“愁”字；结句“怎一个愁字了得”，点明“愁”字；中间铺叙六个场景，依次围绕“愁”字展开。时令虽已入春，但乍暖还寒，忽冷忽热，最不宜人养生调理。傍晚时分，凄凉的晚风一阵比一阵紧，虽然喝了几杯淡酒，哪能抵挡这晚来风寒？正伤心时，鸿雁从上空飞过，虽是旧时相识，但再也不会捎来有关亲人的任何消息了。黄花堆积满地，枝上偶剩一两朵，也形容憔悴，不堪攀折。黄昏时分，独自一人，守着窗儿，如何挨到天黑？再加上细雨打在梧桐上，点点滴滴，惹人愁绪。经过层层渲染、堆砌，词人的悲惨遭遇、孤寂处境、愁苦心情已到了无以复加的地步。

有些人习惯于从名句的叠字形式看它的与众不同，这当然不错。但如果欣赏的触角仅停留在新奇与突兀上，就未免皮相。

名句有如下一些特点：

内涵丰富。“寻寻觅觅”，反映了作者的孤苦无依、内心空虚、精神痛苦和若有所失。她竭力寻找已经逝去或现实中可能存在的、能用来慰藉心灵的东西。“冷冷清清”，反映景象惨淡，寻觅无果。“凄凄惨惨戚戚”，进一步从主观感受上揭示寻觅无果，因冷清的景象和气氛使自己陷入悲惨、凄戚的境地。名句形式整齐、并列，但内容却是渐进和不断深化的。张瑞义在《贵耳集》中说：“此乃公孙大娘舞剑手，本朝非无能词之士，未曾有一下十四叠字者。”公孙大娘为唐开元间教坊名伎，善舞剑器，杜甫曾有《观公孙大娘弟子舞剑器行》一诗纪其技艺。这里将李清照与公孙大娘作比，意在说明，二人虽为女流，但都是人中俊杰。然而张瑞义着眼点仍在叠字之多，此外并无深义。

振起全篇。为诗作文者都有体验，头不好开。旧有“凤头”“猪肚”“豹尾”之说，谓开头要漂亮、中段要充实、结尾要有力。三者中开头最难。李清照这一名句出现在开头本已不寻常，同时有提挈下文、振起全篇的功效，则更属不易。如上所述，词中几个场景，无论是描写时令、晓风、过雁、堆菊、梧桐、细雨这些客观景物，还是抒发作者感受的独守窗儿、憔悴损、无人堪摘，无不围绕清冷、凄惨、悲戚而展开，由此形成全篇“兵随将转”、浑然一体之势。结拍“怎一个愁字了得”的“愁”字与开头遥相呼应，收束非常自然。

文字精美。古之诗词、楹联不乏以叠字修辞者,但连用十四个叠字却罕见。此举很有点像对弈中的"险棋"、布阵中的"奇兵"。搞得好能激活全局、收全胜之功,搞不好便一败涂地。作者大气包举,独辟蹊径,以"悲秋赋"的手法发端,连用叠字双声,以仄声入韵,这些都可算是"险棋"与"奇兵",但下笔流转如珠,文字精当、优美。徐釚评论其语言特色时说:"首句连下十四个叠字,真似大珠小珠落玉盘也。"(《词苑丛谈》)

叠字呼应。值得注意的是,除了开头连用叠字外,下片还有一处叠字,即"梧桐更兼细雨,到黄昏、点点滴滴"。这样算来,全词便有十八个叠字。前后两处互相照应,相得益彰,真乃词作语言运用之一大奇观也!

最后要说一点。名句风格有其特殊性:豪放恣肆却又凄凉悲怆,统纳全篇却又不掣肘缚脚,倚声而歌而又不假雕饰,哀伤愁苦却又似珠落玉盘。这种掌握火候、二者兼顾、恰到好处的得体,得益于作者构思遣词的控制之功,体现了名家、高手的风范。

三十功名尘与土　八千里路云和月

——岳武穆人生功名的艺术概括

满江红　　　岳飞

怒发冲冠，凭栏处、潇潇雨歇。抬望眼，仰天长啸，壮怀激烈。三十功名尘与土，八千里路云和月。莫等闲、白了少年头，空悲切。

靖康耻，犹未雪。臣子恨，何时灭！驾长车，踏破贺兰山缺。壮志饥餐胡虏肉，笑谈渴饮匈奴血。待从头、收拾旧山河，朝天阙。

《满江红·怒发冲冠》是宋抗金名将岳飞的大作。其流传之广、影响之大，世所罕见。很多鉴赏文章在介绍该词时，有关词本身的文字并不多，而是不吝笔墨地宣传它的思想内容，在历史上曾发生过的巨大的宣传鼓动作用，以及对后世不可磨灭的深远影响。千百年来，无数志士仁人和普通民众一接触这首词便热血沸腾、眼睛湿润，为作者强烈的爱国精神、誓与敌人血战到底的气概、无坚不摧的坚强意志，以及对收复中原的坚定信念所震撼。它在外敌入侵、民族危亡时，是抗战的大旗，是战斗的号角，是厮杀前勇士的呐喊；在和平时期，它是一首优秀的爱国主义诗篇；在文学艺术的殿堂上，“倚声而歌之”，还是“振兴中华之必修音乐文学课”（周汝昌《唐宋词鉴赏词典》）。

上片以“怒发冲冠”开启全篇，继以“仰天长啸”抒怀，展示风云激荡岁月的英雄本色；接着以一名联总结以往，言所建功名之微不足道；继以“莫等闲”句自勉自励，勾连上文。下片对“怒发冲冠”“壮怀激烈”作具体、分层铺写。洗雪“靖康之耻”，迎回二圣，是他的夙愿；驾长车，直捣老巢，是他的志向；收复失地，重整山河，报效朝廷，是他的政治目标。表现了誓与敌人血战到底的英雄气概和气吞山河的必胜信念。

名句中“三十”是举自己年龄的成数。岳飞少年入伍，英勇善战，屡建奇功。曾被授少保、河南北路招讨使、枢密副使，到三十二岁时持节封侯（武昌郡开国侯）。“尘与土”，言功名之不足道。“八千里”，概指其转战路途之遥。“云和月”言征途披星戴月。这两句的大意是：自己虽已年届三十，但所建立的功业却微不足道，犹如尘土；虽然转战南北，披星戴月，却战绩不显，未能建立功勋。

岳飞写作此词时业已功勋卓著，名声赫赫，持节封侯。那么为什么还要感叹“三十功名尘与土”呢？因为已有的战绩与功勋离他战略目标的实现距离尚远。岳飞一生以驱逐胡虏、收复失地、统一疆土，迎回二圣（徽、钦二帝）为己任，要建立这扭转乾坤的千秋功业，任重而道远。故比起这一远大目标，眼前的这点功名实在算不了什么，与尘土没有什么区别。

岳飞字鹏举。鹏举者，大鹏起飞之谓也。“鹏举”是他远大志向的写照，也是对他功名观的一个极好的诠释。我们不妨看看他在另一首《满江红·登黄鹤楼有感》里是怎么说的：“何日请缨提锐旅，一鞭直渡清河洛。却归来、再续汉阳游，骑黄鹤。”他的志向是提精锐之旅扫荡中原妖氛，然后功成身退，骑黄鹤云游天下。这里我们可以清楚地看出，岳飞的功名与庸夫俗子的功名完全是两回事。前者是为国家、为民族，志在收复，功在统一，“不汲汲于富贵”；后者为自己、为家庭，追求荣华富贵、名垂青史、封妻荫子。这也正是千载以降，人们一提到这位大英雄的名讳便肃然起敬的真正原因。

名句从时、空两个角度对戎马生涯作了概括，它巧妙地承上而来，又如山溪出谷，自然地向下方流转而去。开头“怒发冲冠”“仰天长啸”“壮怀激烈”，声势豪壮，气吞山河，直抒胸臆，痛快淋漓，将这层意思推向极致，读者真担心他再往下该怎么写。岂料作者宕开一笔，峰回路转，把我们带进了另一个境界。由“怒发冲冠”过渡到回顾和总结生平，词意由慷慨而转向深沉。我们弄清了岳飞的报国志和功名观后，对下文的“莫等闲、白了少年头，空悲切”，便容易把握得多了。岳将军要趁此年少气盛的而立之年奋发有为，精忠报国；倘是蹉跎岁月，待到两鬓斑白，那时再空发后悔、悲切之声，就毫无用处了。

清人陈廷焯在评价这首词时说：“何等气概，何等志向，千载下读之，凛凛有生气焉。”（《白雨斋词话》）对照起来看，名句又何尝不是如此呢？

作者小传

岳飞（1103—1141），字鹏举，相州汤阴（今属河南）人。抗金名将，官至枢密副使，封武昌郡开国侯。因不附议和被秦桧害死。谥武穆，后追封鄂王，改谥忠武。有《岳武穆集》，存词三首。

独行独坐　独倡独酬还独卧

——不是愁人也断肠

减字木兰花·春怨　　朱淑真

独行独坐，独倡独酬还独卧。伫立伤神，无奈轻寒著摸人。

此情谁见，泪洗残妆无一半。愁病相仍，剔尽寒灯梦不成。

朱淑真，继李清照之后有宋又一位杰出的女词人，中国古代十大才女之一。她的词集名为《断肠集》。副题中的“不是愁人也断肠”是她《春恨》诗中的名句。该句非朱淑真原创，而是出自唐皇甫冉《夜发沅江寄李颍川刘侍郎》：“半夜回舟入楚乡，月明山水共苍苍。孤猿更发秋风里，不是愁人亦断肠。”由此我们不难窥见女词人一生遭际和“愁断肠”的人生况味。“独行独坐，独倡独酬还独卧”，是“断肠之愁”的具体写照，全句只十一字，却用了五个“独”字，可见其幽居独处之苦况。

句中五个“独”字，给人无依、无托、无傍、无靠之感，此种好似浮悬半空的空前的、极端的孤独感，源自她失败、破碎的婚姻。她的具体的婚姻状况我们无法确定。一说她“嫁为市井民家妻”；一说由于“父母失审，不能择伉俪”（魏仲恭《断肠集序》），将她配给了一个庸俗的官吏。总之，这位出身富贵之家，才貌出众，具有绘画、音乐、诗词方面良好素养的朱大小姐非常不幸，未能享受到李清照式的婚姻的美满、爱情的甜蜜、生活的幸福，夫妻终至仳离。她也曾有过情人，但终于无法结合。感情上的巨大创痛使她无比孤寂、凄苦，抑郁而死，正所谓“幸福的人儿总是差不多的幸福，不幸的人儿却各有各的不幸”。

词的上片集中笔墨写“孤独”。孤独感像幽灵般萦回缠绕着她，如影随形，挥之不去。她行也不是，坐也不是，卧也不是，写首诗欲待排遣，却又无人唱和。全天候的活动中没有任何人际往来。凝神独立，黯然伤怀，只有轻寒著摸（“撩惹”“沾惹”意）人。下片写她的孤独、伤感无人知晓，伤心的泪水洗去了脸上的一大半妆粉，愁病交加，剔尽寒灯无法入眠。

“独”字情境中，最为不堪的是独倡。“倡”同“唱”。“唱酬”，指“以诗词相唱和”。“唱”，为诗词的原作原创；“酬”，指“以诗文相赠答”。“唱酬”是文人墨客间相与往来很热闹的事，但对词人来说，她写得再多再好也没人来“酬”。必得要“酬”，只好由她自己来“客串”。“唱”与“酬”由一人独当，看起来有点滑稽，实则包含了无限辛酸。

行时踽踽独行，坐时寂然独坐，写诗填词独自“倡”，同气相求独自“酬”，入夜人儿伴着孤灯，玉枕纱橱独自眠。自晨至昏，孑然一身，孤苦伶仃，茕茕独立。没有作为社会人的必要交往，没有志趣相投的人可以交流，没有心灵相通的人可以依偎，没有心上人知冷知热的关切，更没有同衾共枕之如意郎君入夜的温存。她简直就是生活在与世隔绝的真空里，而且精神上的枯槁远胜于形体上的孤独。

朱淑真的“独”不同于晏殊《蝶恋花》“独上高楼，望尽天涯路”中的“独”，后者的孤独是相对的，只是眼前无法鱼雁往来，但毕竟还有希望在，有重逢聚首的那一天可以期待。但朱淑真不存在这份奢望。她在《怀愁》诗中写道："鸥鹭鸳鸯作一池，须知羽翼不相宜。东君不与花为主，何似休生连理枝。"她对自己婚姻的"不对称"和对丈夫的厌恶，表露无遗，怨艾之情跃然纸上。

表面上看，朱淑真的孤独有点像李清照笔下的"守著窗儿独自，怎生得黑"(《声声慢》)，但李清照的孤独是国破家亡后的孤独，而非源自婚恋。她与赵明诚伉俪相得，志趣相投，婚姻美满幸福，留下了许多珍贵的记忆，有许多温馨的生活片断可资咀嚼回味。而朱淑真就连这点残存的记忆都没有，往事犹如一场噩梦，她比李清照还要悲苦。

正是：朱氏"独"字伤人心，不是愁人也断肠！

作者小传

朱淑真，生卒年不详，号幽栖居士，钱塘(今浙江杭州)人，世居桃村。嫁为市民妻，或云嫁与俗吏，郁郁而殁。工诗词，词意凄厉悲凉。有《断肠集》《断肠词》。

山盟虽在　锦书难托

——千古一爱　伤心断肠

钗头凤　陆游

红酥手，黄縢酒，满城春色宫墙柳。东风恶，欢情薄。一怀愁绪，几年离索。错，错，错！

春如旧，人空瘦，泪痕红浥鲛绡透。桃花落，闲池阁。山盟虽在，锦书难托。莫，莫，莫！

欲知名句之所自，还得从头细说。

陆游二十岁时，娶同郡名门闺秀唐氏为妻，夫妇“琴瑟甚和”。但不知何故，却不合老夫人意。或说二人过于卿卿我我，有违封建礼法；或说怕过于恩爱而影响陆游的功名前程；或说婚后无子，犯了“七出”之条。不管怎么说，结果是残酷的，陆母坚决让儿子休了唐氏，棒打鸳鸯，活生生地重演了一出《孔雀东南飞》式的人间悲剧！

陆、唐离异后，其母为其续娶王氏，唐氏也改嫁同郡宗子赵士程。从此二人咫尺天涯。绍兴二十五年（1155），陆游游会稽（今绍兴）城南禹迹寺南的沈园，在那里邂逅唐氏、赵士程。唐遣人送黄封酒及果馔给陆，并致殷勤之意。陆“怅然久之”，于园壁题写了《钗头凤》一词，凄怆而别。唐读后悲不自胜，和词一首，不久即忧郁愁怨而死。

陆、唐的爱情是人间大爱、真爱，是经得起时间长河汰洗的千古一爱！唐氏去世后，陆游从三十一岁到八十四岁，六十年间写了几十篇悼念之作。他对唐氏的挚爱日久弥深、老而弥笃，虽阴阳两隔，但生死以之。由于《钗头凤》属爱情题材中的“本事”，故其事让人感叹唏嘘，其情更是催人泪下。

词的上片描述沈园相见情景，唐氏一双手，仍然红润柔软，眼前景色也是杨柳依依，满城春色。可是在伤心人的眼里却是物是人非。万恶的“东风”吹散了两人的欢情。一别数年，彼此虽都重新建立了家庭，可那因仳离而伤痛的心却怎么也无法愈合，无时不在思念对方。追悔，怅恨，痛彻心脾，这一切的一切，只能连用三个“错”字来概括、形容。下片感情更进一层。春色如旧，二人的伉俪之情却永远不再；衣带渐宽，再怎么瘦也没用，泪水濡湿纱手帕也是枉然。最难堪的是面对闲池、废阁、落花，回忆那言犹在耳的山盟海誓，可到如今，二人间却断了音讯。结拍连用三个“莫”字，既是万念俱灭、心如死灰的表露，也是无奈的倾泻，痛苦的呐喊。

“山盟虽在，锦书难托”，短短八字包蕴了无限的痛楚与辛酸。近人陈衍在评论属同一题材的陆游的《禹迹寺南有沈氏小园》及《沈园》诗时说：“无此绝等伤心之事，亦无此绝等伤心之诗。”我们把它借来评价《钗头凤》可能更确切，因为故事发生在二人爱情的高潮期，《钗头凤》又是即席即景即兴之作，要说伤心，没有比这更伤心的了。

几年来魂牵梦萦的心上人竟不期而遇，对陆游而言，惊疑？欣慰？喜出望外？都不是。眼前的这个人已嫁作他人妇，她的现任丈夫就坐在她身边。她送来酒馔是征得他同意的。这不仅尴尬，而且难堪。他倏地想起他们之间过去的山盟海誓。那可不是“海枯石烂不变心”之类的滥调，而是卢照邻笔下的那一类——“得成比目何辞死？愿作鸳鸯不羡仙”（《长安古意》），充满了柔情蜜意。往日情景历历在目，海誓山盟言犹在耳，可做梦也没有想到会有今天这么个结局。李商隐在《无题》中说，“一寸相思一寸灰”。相思总还有希望在，但陆游连传个消息的希望都没有了。人言可畏，礼法森严，“锦书难托”啊！

唐氏去世后，陆游用诗词当锦书给唐氏捎去一系列永恒的爱的信息：“泉路凭谁说断肠”，“断云幽梦事茫茫”；“此身行作稽山土，犹吊遗踪一泫然”；“玉骨久成泉下土，墨痕犹锁壁间尘”。直至去世前一年，八十四岁高龄的诗人还给唐氏捎去最后的信息：“也信美人终作土，不堪幽梦太匆匆！”唐氏倘泉下有知，得知陆游生死不渝，爱她一辈子，她一定会感到无比欣慰。

用对仗表现的这八个字，浓缩了令人窒息的爱情，刻骨铭心的眷恋；生离死别的场面，咫尺天涯的伤痛，一睹而荡气回肠，再睹而终生难忘。

作者小传

陆游（1125—1210），字务观，号放翁，山阴（浙江绍兴）人。孝宗时赐进士出身。乾道八年（1172）投身军旅，后官至宝章阁待制。杰出诗人，亦工词。著有《剑南诗稿》《渭南文集》《南唐书》《老学庵笔记》《放翁词》。

零落成泥碾作尘　只有香如故

——驿外梅花品自高　亘古男儿一放翁

卜算子·咏梅　　陆游

驿外断桥边，寂寞开无主。已是黄昏独自愁，更著风和雨。

无意苦争春，一任群芳妒。零落成泥碾作尘，只有香如故。

陆游一生爱梅，有人做过统计，在他一生所作的诗词中竟有一百五十六首是写梅的，可以编成一本咏梅专辑了。《卜算子·驿外断桥边》托物言志，是咏梅的名篇；“零落成泥碾作尘，只有香如故”，则是该篇的扛鼎之句。此句之暴得盛名，还因为毛泽东的一首词。毛泽东于 1961 年 12 月作《卜算子·咏梅》，在小序里说，“读陆游咏梅词，反其意而用之”。“文化大革命”期间，毛泽东诗词空前大普及，陆游原词忝陪骥尾，因此家喻户晓，广为人知。

陆游爱梅，是爱她的凌霜傲雪，敢为天下先，杨维桢所谓“万花敢向雪中出，一树独先天下春”是也；陆游爱梅，更是爱她的“花中气节最高坚”（陆游《落梅》），元人王冕的所谓“不要人夸好颜色，只流清气满乾坤”是也；陆游最爱梅的不从众，不媚俗，不阿附，不屈服，所谓“零落成泥碾作尘，只有香如故”是也。陆游一生力主抗金，不向投降派妥协，不屑与之为伍，多次因鼓吹抗金而被罢官。进士考试时明知在策论中主张抗战会违忤秦桧、朝廷，但仍明确提出自己的抗战主张，结果到手的状元被秦桧剥夺；后来历经的隆兴抗战失利、汉中前线主战、范成大手下任职，屡次被罢免或遭排挤，无一不与主战有关。直至出知严州，仍不与朝廷“保持一致”，以致彻底被罢官。这种精神品格，数十年一以贯之。古人喜将杨花与雪互相比较，说“杨花似雪”“雪似杨花”。陆游与梅，恰似杨花与雪。我们从梅花身上看到“亘古男儿一放翁”（梁启超语）的孤高傲世、铁骨钢魂的孤臣劲节；我们从陆放翁身上看到了梅的雪白芳香、一尘不染、不畏严寒、傲霜斗雪的英姿。欣赏本词与名句，把握这层关

清·钱载　墨梅

系，便能扪毛辨骨，切入深处。

本篇中的梅是一株野梅的形象。它植根驿外，生在荒郊；它位于断桥之边，人迹罕至；它一株独放，好生寂寞；它无人栽培，无人欣赏。它在黄昏时忍受孤独愁苦的煎熬，还要经受风雨的无情摧残。野梅身处逆境，但节操不变，它无心与众芳去争奇斗妍，也不管它们是如何嫉妒自己的。即便花瓣落地，被驿车碾成泥土，也芳香不减，依然如故。

“零落成泥碾作尘”是上片的自然延伸和总结，这株寂寞无主的孤梅，在黄昏风雨的摧残下，化作尘埃，魂归大地。“只有香如故”承“无意苦争春”两句而来。在充分铺垫、渲染、蓄势后笔锋一转，如重锤击鼓，如画龙点睛，如万壑回响，如八音齐奏，语势、词意达到高潮，戛然而止。“香如故”，明写梅的芳香、精魂、节操长存天地间，实乃托物言志、意在言外。读到这里，陆放翁的风貌、神采、品格跃然纸上，梅已化作人。

毛泽东“反其意而用之”，与陆游名句对应的是，“待到山花烂漫时，她在丛中笑”。二人虽都取譬于梅花，但因时代不同，寓意相反，主观感受不一样，给人以截然相反的审美感受。

陆游在这里不用比喻，主体根本没有出现，通篇只写梅。他用环境、时光、景象、梅的零落过程和对梅的礼赞来结构全篇，诚如况周颐所说：“词有淡远取神，只描取景物，而神致自在言外，此为高手。”(《蕙风词话》)陆游就是这样的高手。

传世之作必有名句。什么是名句？就是让人看了眼睛一亮，心头一震，拍案叫绝，过目不忘的句子。它语意平淡却饱含哲理，文字精警而又自然流畅，流播四方，千古传唱。“零落成泥碾作尘，只有香如故”，卒章显志，振起全篇，就是这样的名句。

蓦然回首 那人却在 灯火阑珊处

——伤心人别有怀抱

青玉案·元夕 辛弃疾

东风夜放花千树。更吹落，星如雨。宝马雕车香满路。凤箫声动，玉壶光转，一夜鱼龙舞。

蛾儿雪柳黄金缕，笑语盈盈暗香去。众里寻他千百度，蓦然回首，那人却在，灯火阑珊处。

辛弃疾是南宋伟大的爱国词人，早年参加耿京领导的农民起义军，曾深入敌营，勇擒叛徒张安国，创造了像旧小说中所描写的取上将之首"如探囊取物"的奇迹。南渡后在湖北、江西等地任职，颇有政声。他一生主张抗金，为投降派所不容，赋闲二十余年，终因报国无门，忧愤而死。

辛弃疾是豪放派的杰出代表。一提"豪放"，人们便很自然地想起苏东坡。其实东坡之词，从数量上看，堪称豪放者，十不足一，北宋时也无"豪放派"之说。倒是辛弃疾，一生以抗金为己任，发扬东坡豪放词风，以饱满的政治热情和豪迈的英雄本色，创作了大量的"马作的卢飞快，弓如霹雳弦惊"这类豪气四溢的不朽篇章，成为南宋词坛的领军人物。

《青玉案·元夕》很特别，它既不豪放，也有别于传统意义上的婉约，有学者形容其为"肝肠似火，色貌如花"。

词的上片写上元夜的热闹景象。东风吹拂，千灯竞放，火树银花，万人空巷。溶溶的月色里，箫管悠扬，鱼龙戏舞，宝马香车，塞满路途。下片写赏灯妇女，花枝招展，珠光宝气。她们笑语盈盈，擦肩而过，留下了阵阵暗香。但诗人属意的那个"幽人"不在其中，热闹不属于她。她独自一人，冷冷清清，站在灯火阑珊处。

名句与全篇的描写形成巨大反差。一边热闹非凡，一边冷冷清清；一边人头攒动，一边茕茕孑立；一边光焰正炽、照得通衢如同白昼，一边灯火阑珊，大有"曲终人散"之概；一边笑语盈盈、尽情欢乐，一边孤身只影、郁郁寡欢。光明、热闹、欢乐的场景专为"那人"而设计，它的存在反衬了佳人的高雅、清幽和不同流俗。前者场面愈大，气氛愈热烈，色彩愈绚丽，活动愈持久，便愈凸显后者的幽独、卓尔不群和顾影自怜。元宵场面刻画得再怎么惟妙惟肖，那也只是一种常态，并无深意。而孤独的佳人则属个别、特殊的典型形象，作品的思想意义不在那"一群人"，只在这"一个人"。作者自始至终关注她，"众里寻他千百度"，一直寻到"灯火阑珊"时，用心可谓良苦。

那么这位佳人究竟是谁呢？我们不妨将她看做是个虚拟的形象。这个人立场坚定、特立独行、头脑清醒、不同流俗。他远离这种醉生梦死的繁华，他痛心于"直把杭州作汴州"的麻木。他因此被排挤、遭打击、长期被晾在一边，被冷落了许多年。这位佳人不是别人，正是他自己，"那人"就是辛弃疾。

上述这些特点决定了这首词风格的独特性。从形式上看，它是华美的、绚丽的、铺张的，体现了阴柔美；从内容和精神层面看，它关乎时代风云、展示人格力量、蕴含英雄气概，传递的是阳刚之美。故而兼有婉约与豪放之特质。但不管怎么说，对辛弃疾而言，“且将万字平戎策，换得东家种树书”这样的悲剧结局，毕竟是凄凉和令人沮丧的，所以梁启超说名句是“自怜幽独，伤心人别有怀抱”（梁令娴《艺蘅馆词选》引语）。

王国维把“众里”句列为“治学三境界”的第三境界，用以比喻耗费许多精力和时间进行苦苦探索和追求后，一下子进入了豁然开朗的收获期。此句用来比喻治学固宜，用以比喻科学领域的发现、发明创造也极恰当。名句后来成为“踏破铁鞋无觅处，得来全不费工夫”的同义语，便浅显直白得多，失却原有的风韵、神采了。王国维这样的大学者如此青睐这一名句，正说明名句的货真价实。他对名句的深度开发和迁移性运用，使名句传播更广，身价益高，乃锦上添花之好事。

作者小传

辛弃疾（1140—1207），字幼安，号稼轩，历城（今属山东济南）人。二十一岁参加抗金义军。南渡后曾任地方官，四十二岁遭谗革职，闲居达二十年。后复起用，六十八岁病逝。一生力主抗金，有《稼轩长短句》。

稻花香里说丰年　听取蛙声一片

——粗拙之中见清新

西江月·夜行黄沙道中　　辛弃疾

明月别枝惊鹊，清风半夜鸣蝉。稻花香里说丰年，听取蛙声一片。

七八个星天外，两三点雨山前。旧时茅店社林边，路转溪桥忽见。

辛弃疾一生起伏跌宕，时官时隐。宋孝宗淳熙八年(1181)冬，遭奸佞之臣中伤，这位被洪迈比作周瑜、谢安，可以建非常之功的“非常之人”被罢官，回到他在江西上饶的带湖别墅家居。新居位于上饶城西北，三面附城，一面枕着澄明如镜的带湖。带湖呈宝带形，以故得名，它也是别墅名称的由来。词人在这里一住十年。这段时间是他收复事业的低谷，却同时又是他文学创作的顶峰。现存这一时期的词作有两百多首。《西江月·夜行黄沙道中》就是其中之一。黄沙岭在上饶西四十里，岭高约四十丈，风景秀丽，下有两泉，可以灌溉良田。

名句是上片整体画面中的一大亮点。月亮升起来了，皎洁、明亮的月光刺激了栖在斜枝上的鹊儿，它睁眼一看，不知发生了什么事，便扑棱着翅膀飞了起来。句中的“惊”字用得十分传神。原本安静的树林因月亮升起、鸟鹊惊飞、清风吹拂、树枝摇曳而开始不安。蝉儿也稀里糊涂地跟着叫了起来。“半夜鸣蝉”是什么情景？蝉属夏季鸣虫，天越热它叫得越起劲，声音响亮，拖腔绵长；夜里一般不叫，现在受清风凉意等环境变化影响，一反常态地叫了，叫声低沉、短促，与鹊之惊飞同属非常态。接着作者将笔触由天上、树上转到田间、水面。空气里弥漫着稻花的清香，预兆今年又是一个丰收年。水田里的青蛙更是叫得欢，它们大声喧嚷，鸣声此起彼伏，连成一片，仿佛这世界只属于它们。上片四句作者将明月、清风、惊鹊、鸣蝉、稻香、蛙声巧妙地进行组合，构成了一幅夏夜农村的美妙交响乐。感知外物的五官差不多全被调动起来了。看到了明月的升起和鹊儿的惊飞，听到了蝉鸣和蛙声，嗅到了沁人心脾的稻香，感到了半夜清风的凉意。声、光、色、味俱全，十分和谐。

下片用一对偶句描写夜行山间的微妙天气。山外天空缀着几颗淡淡的星星，山前却下了稀稀疏疏的几滴雨。作者陶醉在夏夜的优美景色中，一路走来，转了个弯，不知不觉已来到他所熟悉的茅屋、土地庙和一片树林边。一个“忽见”，境界全出。

“稻花香里说丰年”，是谁在说呢？当然可以理解为某个人在说。他可能是此夜黄沙道上作者的同路人，闻到稻花香便很自然地议论起当年的年景。也可能是路边乘凉的乡亲们在闲说农事，谈论着又一个丰收年。另一种理解就是青蛙在“说”。从句式看是一种主谓倒装句，先写说，再补充写谁在说。这里有个文学体裁的问题，如果是小说，那肯定是人在说；如果是诗词，那就可以安排让青蛙来“说”。但人说几近是废话，因为“稻花香”与“丰年”间的关系人尽皆知；而蛙说则采用拟人手法，充满诗情画意。另外从行文的连贯性看也最合理。如果人说，上下两句便有些脱节，只有蛙“说”，行文才绵密，过渡也自然。

作者那晚上的心情和对夜景的感受,颇有点像《荷塘月色》里的朱自清先生。同样是夜晚,同样是欣赏夜景,同样有一个一时超脱的好心情,还同样在自己的大作里留下了名句。朱先生的感受是,“像超出了平常的自己,到了另一个世界里”,“什么都可以想,什么都可以不想,便觉是个自由的人”,独自“受用这无边的荷香月色”。辛弃疾此时也一时摆脱战与降的纷扰和宦途得失,独行在这黄沙道上,用心灵去领略这稻花香和蛙声,以淡泊、宁静的心态享受这安静的夜色,谛听夏夜田野特有的天籁,分享乡亲们丰收的喜悦。

名句体现了辛氏词风的另一种特色——平淡、亲切、自然、口语化。该词通篇不用一典,但落笔绰约、清新,脱手炼词而能出神入化。

“少年不识愁滋味”与“为赋新词强说愁”

——无愁之“愁”亦风流

丑奴儿·书博山道中壁　　辛弃疾

少年不识愁滋味，爱上层楼。爱上层楼，为赋新词强说愁。

而今识尽愁滋味，欲说还休。欲说还休，却道天凉好个秋。

该词为作者闲居带湖时所作，词题《书博山道中壁》。博山风景甚好，作者常到那里游玩。但国事日非，统一无望，他实在无心赏景。作者愁思不绝如缕，题下了这首以“愁”通贯全篇的忧愤之作。“欲说还休”是全词的眼目。全篇只四十四个字，却写尽一生之愁，不料篇末却宕开一笔，扯到天气上去了，个中原因，发人深省。“欲说还休”，是不愿说，不想说，也不敢说。国事、朝政、收复、统一，这些都是敏感的政治话题，也是他而今之愁的缘由。说了非但无用，弄不好妥协、投降派还会找他麻烦，惹来大祸。所以作者在叠用“欲说还休”后，转移话题，说那无关痛痒的天气冷暖了。

词的上片写“少年愁”，从内容上看不是重点，但语言运用上却有两处亮点，“少年不识愁滋味”，“为赋新词强说愁”，精警而有新意。此二句不仅被文学作品经常引用，而且在日常生活的不同语境中为人所津津乐道。

少年缘何“不识愁滋味”？有两方面的原因。其一，就一般情况而言，少年时期生活有家庭照料，冷暖有长辈呵护，没有生存竞争的压力和生活的重负，单纯而自在，因而不知愁是什么滋味；其二，缺少“愁”的人生体验，稼穑之艰难、人心之叵测、政治斗争之凶险、生活道路之坎坷，他们都还未经历过，缺少逆境、困顿、失意、潦倒等人生苦境的真切体验。要之，这个年龄段，他就不该有“愁”。

“少年”句与“为赋”句属因果关系。正因为“不知愁”，所以他们口中、笔下的“愁”乃是强说之愁。本无愁可说，只是为了写词，才模仿成人口吻和老成来“强说愁”。追求新奇，附庸风雅，无病呻吟，是“少年愁”和“强说愁”之特点。这种“愁”亦可称为“闲居之愁”，当是作者生存状态的自况，理解为古代文人和士大夫囿于个人情感的无病呻吟亦未尝不可。

作者在两个名句中间为何要连用两个“爱上层楼”？这与少年的年龄有关。花季少年，喜欢游览玩耍，爱爬高弄低，追求新奇、刺激。这样理解固然并无不妥，但忽视了“爱上层楼”与“赋新词”间的关系。古人登高临远，经常会抒发愁绪。李白的“暝色入高楼，有人楼上愁”，抒思亲之愁；崔颢的《黄鹤楼》以“日暮乡关何处是，烟波江上使人愁”抒发乡愁；柳宗元的《登柳州城楼寄漳、汀、封、连四州》劈头就写“愁”，“城上高楼接大荒，海天愁思正茫茫”，所抒乃百感交集、愁肠百结之“愁”；李清照的《一剪梅》中的“雁字回时，月满西楼”抒发的是“一种相思，两处闲愁”。可见，登楼这种独特的意象已成为“愁”的感情象征。所以句中的少年登楼，不是简单地为了游乐玩耍，他是为了“赋新词”。为了赋新词，并在新词里说“愁”，就得仿效前人和成人,一层层地爬上楼去体验一下生活。

少年以为,要写好一首抒发愁绪的新词只要登楼就行了。登楼便有“愁”,有了“愁”便定能赋好新词,这是他的逻辑。但人生之“愁”并非源自楼,他根本不懂“愁”,不识“愁”的滋味。词的上片用叠句把两个名句连接起来,活画出了少年的不谙世事,形象生动,不乏可爱之处。

名句的作用是铺垫、陪衬、烘托下片的“而今愁”。作者由勇擒叛徒南渡起,几十年来有志不能伸,有国不能报,有谋无人用,眼看国事日非,统治者与投降派守着残山剩水犹自歌舞升平;自己年已老大,收复无望,可怜白发生!此等历尽沧桑的家国之痛、饱经忧患的人生大悲愁,较之“不识愁滋味”的“少年愁”不啻霄壤云泥。

全词缓缓而起,以对比突显主旨,终于“欲说还休”之深沉、压抑,名句之功大矣!

却将万字平戎策 换得东家种树书

——失路英雄的一声浩叹

鹧鸪天 辛弃疾

有客慨然谈功名，因追忆少年时事，戏作。

壮岁旌旗拥万夫，锦襜突骑渡江初。燕兵夜娖银胡騄，汉箭朝飞金仆姑。

追往事，叹今吾，春风不染白髭须。却将万字平戎策，换得东家种树书。

词的上片追忆少年往事。中心事件是深入敌营、生擒叛徒张安国，并突破重围、渡江将其交宋廷惩处。此事极具传奇色彩，是词人生命历程中光辉绚丽的一个乐章。辛弃疾二十二岁率两千多人加入耿京起义军。翌年耿京派他到建康(今南京)与宋廷联系，不料返回时叛徒张安国已杀了耿京，投降金人，义军溃散。于是他组织五十个敢死义兵直趋济州(今山东巨野)张安国驻地，诳称求和，出其不意将其生擒缚至马上，并召集义军旧部，晓以民族大义，得万余人。然后率部押解张安国突围，渡江交宋廷正法。闯营、生擒、押解、渡江，环环相扣，悬念不断，惊险异常，不需怎么艺术加工，就是一部扣人心弦的电视剧题材。

该词上片是对当年生擒张安国、扩军万人南渡归宋的艺术概括。首句写军威之盛。义军军旗招展，作者统领万名壮士，身着锦绣战袍，押着叛徒渡江归宋。下两句写夜间与追兵交战的情景。金兵夜间手握箭袋紧追不舍，义军清晨用金仆姑箭反射追兵。下联感叹鬓发染霜，那些抗金的宏论和北伐国策只能换两本种树的小册子了。

上片中的"壮岁旌旗""渡江初"，以及突围时夜间交战的描写，是对这一事件的艺术概括。下片顾影自怜，感叹自己须发皆白，青春不再。词中的"春风不染白髭须"与"可怜白发生"情调相类，但感情更深。结句一语，如重锤撞钟。抗金大业业已休止，壮年豪情消磨殆尽，无奈的选择和不忍正视的生命归宿就在眼前。

作者南渡后曾作《美芹十论》《九议》等向朝廷建言献策，对这些极有见地且有着重要政治、军事价值的"平戎策"，朝廷根本不予采纳。他所痛心的倒不是自己空耗了许多心血，而是关系到国家存亡安危的主张根本不被重视，成了一堆废纸，它已经一点价值都没有了，只好用来换取东邻关于怎样栽培树木的小册子了！

"万字平戎策"与"东家种树书"对比强烈，寄慨深广。"平戎策"是治国平天下的鸿篇大论，关系到国运的盛衰、政权的安危、百姓的祸福，事关大局和未来；而"种树书"只是农事中关于树木栽培的专业小册子，充其量也就是今日之科普读物一类吧，二者不可同日而语，也根本牵扯不到一块去。但现在却紧密联系在一起了，作者要进行一笔"不等价交换"，拿"平戎策"去换"种树书"了！此句实际还包含了早年豪情壮举与晚年落拓失意的对比。壮岁时有四方之志，不仅有擒贼渡江的壮举，而且还有安邦定国、建言献策的理论建树。但目下前者已成如烟往事，后者也成了一堆废纸。有盖世之才而无用武之地，有宏伟抱负却无处施展，一度大显身手、轰轰烈烈，但后来长期投闲置散，最终归于沉寂。这是时代的悲剧，历史的悲剧，也是作者的不幸。最不容易沮丧的人沮丧了！

类似的名句还有陆游的"骏马宝刀俱一梦，夕阳闲和饭牛歌"（《小园》），刘克庄的"生怕客谈榆塞事，且教儿诵《花间集》"（《满江红》），这些词句固然入情动人，但比起本篇的名句来，便明显缺少悲慨深广、让人扼腕叹息的艺术魅力。

陈廷焯曾将本篇名句与陆游《蝶恋花》中"早信此生终不遇，当年悔草长杨赋"作比较，说："（陆句）情见乎词，更无一毫含蓄处。稼轩《鹧鸪天》云'却将万字平戎策，换得东家种树书'亦即放翁之意，而气格迥乎不同，彼浅而直，此郁而厚也。"（《白雨斋词话》）陆句浅显直白，辛句沉郁深厚，此说精辟而中肯。不知陈氏为何不举放翁"此生谁料，心在天山，身老沧州"（《诉衷情》）句，窃以为此句堪与辛句比肩，二者优劣高下，只在伯仲间。

想当年　金戈铁马　气吞万里如虎

——面对英雄之气的沉思

永遇乐·京口北固亭怀古　　辛弃疾

千古江山，英雄无觅，孙仲谋处。舞榭歌台，风流总被，雨打风吹去。斜阳草树，寻常巷陌，人道寄奴曾住。想当年，金戈铁马，气吞万里如虎。

元嘉草草，封狼居胥，赢得仓皇北顾。四十三年，望中犹记，烽火扬州路。可堪回首，佛狸祠下，一片神鸦社鼓。凭谁问：廉颇老矣，尚能饭否？

《永遇乐·京口北固亭怀古》是辛弃疾的代表作，作于宋宁宗嘉泰四年(1204)镇江知府任上，时年六十六岁。该词从内容上看，谋国老成，具有政治家的沉稳、卓识；从表现手法上看，多处用典且极为剀切，有很强的借古讽今的现实针对性；从语言运用上看，既有运用故实的典雅，又有民间口语的通俗。“庾信文章老更成”(杜甫《戏为六绝句》)，它是词人晚年作品中成熟的硕果，被前人誉为辛词中的“压卷之作”(杨慎《词品》)。

我们从作者对典实的运用可以看出他既力主北伐又反对草率轻动的正确态度。上片的两个历史人物孙权、刘裕都是立足京口建功立业的英雄人物，作者既赞扬他们的业绩，又慨叹“风流”已被“雨打风吹去”。下片用一反面典型。南朝宋文帝不经充分准备便妄想取得霍去病那样击败匈奴、筑坛祭山的胜利，结果落得“仓皇北顾”的惨败结局。结句以战国时赵国老将廉颇自比，发出沉痛的感叹。有谁会就此来问计于我？我老了，顶多也就是问问身体与饭量一类的事了。

北固亭在京口（今江苏镇江）城东北北固山上，登临可以眺望江北。当年韩侂胄当政，准备北伐，京口为江防重镇，北伐桥头堡。但北伐明显准备不足，作者深感忧虑。词人登临北固亭，联想起或成或败的历史事件，幽思深沉。以古鉴今，他既积极主张北伐，收复失地，又担心在并无胜算的情况下草率用兵，导致失败。词中所表现的疑虑和矛盾心情，表明了作者对坚持北伐和如何用兵的基本态度。

名句中“气吞万里如虎”，说的是刘裕。刘裕字德舆，小字寄奴，南朝宋第一代国君，即宋武帝。刘裕生于京口，家贫。后为东晋北府兵将领。曾参与镇压孙恩、卢循起义，击败桓玄，削平四川等地割据势力，统一江南。他曾两次北伐，灭南燕、后燕、蜀、后秦，收复洛阳、长安。元熙二年(420)废晋帝，建立宋王朝，与北方崛起的北魏形成对峙局面。作者在这里突出他的北伐业绩，竭力赞扬他跃马横戈、气势如虎的英雄气概。刘裕与不畏强敌、占据江东，与魏、蜀形成鼎足之势的孙权一样，是作者心目中建功立业的楷模、收复失地的英雄。作者追怀历史，仰慕英雄而心驰神往，把自己的理想、抱负，北伐中原的志向，驰骋沙场的豪情，全都浓缩在“金戈铁马，气吞万里如虎”里。“金戈铁马”，极言其武器装备精良，所向披靡，无坚不摧；“气吞万里如虎”，极言其勇气、豪情、声势，气吞山河，虎虎生威。“金戈”“铁马”“万里”“气吞”“如虎”这些词语的组合运用，有力地表现了人物的万丈豪情和纵横驰骋、荡平天下的精神风貌。沉睡的历史人物被激活，刘裕的形象鲜明生动，跃然纸上。

名句之典与下片“元嘉草草”句之典形成鲜明对照。“元嘉”是刘裕儿子宋文帝的年号。文帝曾三次北伐，均以失败告终。元嘉二十七年(450)的最后一次北伐败得最惨。他听了彭城太守王玄谟陈北伐之策，又兴奋又激动，说：“闻王玄谟陈说，使人有封狼居胥意。”(《宋书·王玄谟传》)“封狼居胥”说的是霍去病。霍去病是西汉名将，对匈奴作战大获全胜，在狼居胥山筑坛封禅(祭天曰“封”，祭地曰“禅”)，报天地之功，庆祝胜利。文帝急于事功，头脑发热，草率用兵，结果宋军被拓跋焘一路追杀，边跑边回头，仓皇逃窜。宋由此失去大片国土，从此一蹶不振。

两典同为南朝宋史实，一正一反。正所谓殷鉴不远，历史的经验教训值得注意。作者在本篇中借此二典批评南宋对金国策的两种错误倾向。借刘裕北伐典批评“投降论”，借元嘉北伐失败典批评“速胜论”。由此可见作者政治上的成熟和用典的策论意味。

名句虽只短短十三字，却为我们勾勒了一幅场面壮阔、意境深远、形象鲜活、血脉涌动的巨大画卷，读之令人意气风发，精神振奋。

二十四桥仍在　波心荡　冷月无声

——句中有余味　优雅且深长

扬州慢　姜夔

淳熙丙申至日，予过维扬，夜雪初霁，荠麦弥望。入其城则四顾萧条，寒水自碧。暮色渐起，戍角悲吟。予怀怆然，感慨今昔，因自度此曲，千岩老人以为有黍离之悲也。

淮左名都，竹西佳处，解鞍少驻初程。过春风十里，尽荠麦青青。自胡马窥江去后，废池乔木，犹厌言兵。渐黄昏，清角吹寒，都在空城。

杜郎俊赏，算而今、重到须惊。纵豆蔻词工，青楼梦好，难赋深情。二十四桥仍在，波心荡、冷月无声。念桥边红药，年年知为谁生！

姜夔是南宋后期的著名词人，一生未仕。他品节清高，文学造诣精深。范成大说他“翰墨人品皆似晋宋之雅士”（周密《齐东野语》）。他的词清空超拔，冷峻中含妩媚，张炎曾用八个字形容：“野云孤飞，去留无迹。”（《唐宋词鉴赏词典》）姜夔的作品随着时间的推移而影响益深，声誉日隆。宋后六百年间他被推为“巨擘”，清时更被推崇为“南宋宗匠”“词中杜甫”“词圣”“词仙”。这些评价是否过高，尚可讨论，但姜词艺术水准达到了令人景仰的高度，词作的审美情趣与艺术魅力令读者和评家倾倒，却是不争的事实。

《扬州慢》是姜夔的自度曲，代表作。词前有篇小序，与词互为表里，文笔非常优美，交代写作背景，概括描写扬州惨遭战争破坏的萧条、荒凉景象，以及萧德藻老人对《扬州慢》的评价。

扬州为古代文化名城，宋金对峙时两次遭兵燹，最后一次是绍兴三十一年(1161)，金军攻破城池，大肆劫掠。十六年后，二十二岁的姜夔来到扬州时，有感于昔日名都的繁华不再，眼前满目荒凉，写下了这篇有黍离之悲的名篇。上片写扬州的衰败景象，“荠麦青青”“废池乔木”“清角吹寒”，从不同侧面描写它满目疮痍，至今元气未复，仍是一座空城。下片引杜牧诗或取杜诗意境，将昔日繁华与今日荒凉作对比，抒发感慨。

杜牧是晚唐著名诗人，曾长期生活在扬州，留下了许多脍炙人口的描写美丽、繁华扬州的著名诗篇。作者在词里有五处提到杜牧和他的诗篇。有学者认为，姜夔过去并未到过扬州，他对昔日扬州花团锦簇的印象主要来自杜牧和其他文人墨客的描绘。

名句中“桥”与“月”之典出自杜牧的《寄扬州韩绰判官》：“青山隐隐水迢迢，秋尽江南草未凋。二十四桥明月夜，玉人何处教吹箫？”二十四桥，又名“红药桥”，即今之吴家砖桥。传说曾有二十四位美女月夜在此吹箫。故事很优美，诗的意境也很优美。皎洁的月光下，二十四位美人齐聚，箫声响起，呜咽悠扬。杜牧写这个绝句时，二十四个美人已不复得见，但名都风月依旧。“谁知竹西路，歌吹是扬州”(《题扬州禅智寺》)，“春风十里扬州路，卷上珠帘总不如”(《赠别》)等就是这种繁华的写照。如今非但月夜吹箫的美人不知何处去，诗人笔下歌吹十里、笙歌不绝的扬州也风光不再，只有那座搬不走、移不动、烧不毁的孤桥还伫立在那里，冷月倒映在水里，泛起一圈圈凄清的波光。当年的风月繁华、美好传说与眼前的凄清、孤寂形成鲜明对照，给人以沉重的历史沧桑感。

“二十四桥”句以典雅、凄清、孤寂为人们所喜爱，在融意、遣句、炼字上也颇具特色。

首先是化实为虚、虚实结合。作者不直书残酷的战争给扬州带来的巨大破坏，而是换个角度借杜诗说事，感叹当年小桥流水、美人云集、月夜吹箫的无边风月已烟消云散，眼前只有孤桥、冷月、寒波，好不凄然！引杜诗不在怀杜，言虚却能归至实处，乃名句之一大特色。其次是作者选择了合适的观察点。抒黍离之悲，俯视最宜。桥下的涟漪、倒映的明月，我们仿佛看到了诗人俯首低吟的形象；精细的特写镜头更是让人回肠荡气。第三是炼字特别成功。“荡”指波心在荡漾，也是作者伤古怀今的感情在荡漾。用去声字，收跌宕顿挫之功，一字得力，通首光彩。可见作者“吟安一个字，拈断数茎须”（卢延让《苦吟》）的炼字功力。

作者小传

姜夔（约1155—约1221），字尧章，号白石道人，鄱阳（今江西波阳）人。终生不第，卒于杭州。工诗词，精音律，词多自度曲。词风清空峻拔，代表作有《暗香》《疏影》《扬州慢》等。有《白石道人诗集》《白石诗说》等。

想佩环　月夜归来　化作此花幽独

——数尽梅典说新意

疏影　　姜夔

苔枝缀玉，有翠禽小小，枝上同宿。客里相逢，篱角黄昏，无言自倚修竹。昭君不惯胡沙远，但暗忆、江南江北；想佩环、月夜归来，化作此花幽独。

犹记深宫旧事，那人正睡里，飞近蛾绿。莫似春风，不管盈盈，早与安排金屋。还教一片随波去，又却怨、玉龙哀曲。等恁时、重觅幽香，已入小窗横幅。

梅花著枝报春，幽香清远，不畏春寒，临风怒放，向来是狷介耿直之清流、孤危报国之劲臣、隐身名山之高士的人品节操的象征。姜夔的《暗香》《疏影》则另有特色。早在南宋末年，词人张炎就评论道："词之赋梅，惟姜白石《暗香》《疏影》二曲，前无古人，后无来者，自立新意，真为绝唱。"（《词源》）张氏之"自立新意"，后人视为定评。

此二曲祖意于北宋初著名诗人林逋的名句"疏影横斜水清浅，暗香浮动月黄昏"（《山园小梅》），为作者自度曲。

二曲成为绝唱，还有一个原因。作者在小序里交代，他是应著名诗人范成大之请创作的。范仕途通达，诗词造诣极高，且长姜夔约三十岁。因此作者殚精竭虑，呕心沥血，在范成大的石湖别墅"止既月"（《小序》），成就了此二首不朽之名篇。范成大见词"把玩不已，使工伎肄习之，音节谐婉"。

"想佩环、月夜归来，化作此花幽独"出自二曲之一的《疏影》篇。

上片有两层意思。一是写"疏梅"的生存环境，"篱角黄昏，无言自倚修竹"。二是连用三典，即赵师雄巧遇梅花女神，昭君月夜归来，以及典中含典的"幽独"（佳人），三典以美女喻梅，突出梅之幽独、凄美。下片用寿阳公主额落梅花、汉武帝金屋藏娇典写梅之另一特色——幽香。

"想佩环"句化用的是杜甫《咏怀古迹》五首之三，原诗为："群山万壑赴荆门，生长明妃尚有村。一去紫台连朔漠，独留青冢向黄昏。画图省识春风面，环佩空归月夜魂。千载琵琶作胡语，分明怨恨曲中论。"

《疏影》中有两句由该诗化出。

"昭君不惯胡沙远，但暗忆、江南江北。"此句由杜诗首联化来。昭君生长于长江流域，这位风姿绰约的绝代佳人因不得宠而远嫁匈奴。塞北路途遥远，风沙满天，怎能适应？她心底里始终怀念着江南江北，哀怨之情、故国之思在词中得到进一步延伸。

"想佩环、月夜归来，化作此花幽独"，由杜诗颈联"环佩空归月夜魂"化来。昭君佩戴着玉环，在皎洁的月光下魂归故里，她美丽的灵魂化为一株清幽孤独的梅花。作者对原诗意境进一步发挥，将昭君的灵魂升华、幻化为梅花。昭君因不肯贿赂画师而遭丑化，终不得幸。今灵魂化为孤独、清幽、高傲的梅花，得其所哉！美人有了归宿，读者也获得了些许慰藉。

本篇之一大亮点是连用五个美人的典故来比喻、映衬、烘托梅花，相形之下，昭君典最为耀眼。另四典依次为：

第一个是赵师雄巧遇梅花仙女的故事。隋时赵师雄日暮时在罗浮山遇一美人及其绿衣童子。师雄与美人对酌，醉。醒后见梅枝上有一翠禽。美人即梅花女神，翠禽即童子。第二个出自杜甫的《佳人》："绝代有佳人，幽居在空谷。"第三个出自《太平御览》中的一则记载：宋武帝女寿阳公主额上落得一朵梅花，拂之不去，经三日，洗之乃落。第四个典故出自班固《汉武故事》："若得阿娇作妇，当作金屋贮之也。"说的是汉武帝幼年时看好其表妹陈阿娇的事。

第一则美则美矣，但荒诞离奇，离现实太远；第二则源于文学，虽然典型，但未免虚幻；第三则失之浅俗；第四则人尽皆知，了无新意。

窃以为，五典中昭君典用得最成功。其一，昭君是历史人物，源于生活，读来亲切；其二，由杜诗名句延伸、发掘，角度新，寓意深；其三，昭君的品节与梅的品格最为契合，要在梅上有所寄托，则非昭君莫属。

白石此篇自立之新意，在于以美人之形、之神、之风韵、之品节来烘托梅，在梅的形象中我们又仿佛看到了作者所眷恋、思念的现实生活中的另一位美人。那位美人是位歌伎，住在合肥。

旁观拍手笑疏狂　疏又何妨　狂又何妨
——胸中块垒实难消

一剪梅　　刘克庄

余赴广东，实之夜饯于风亭。

束缊宵行十里强，挑得诗囊，抛了衣囊。天寒路滑马蹄僵，元是王郎，来送刘郎。

酒酣耳热说文章，惊倒邻墙，推倒胡床。旁观拍手笑疏狂，疏又何妨，狂又何妨！

刘克庄，南宋著名文学家。他学识渊博，工诗词，通文史，负一代时名。词学辛弃疾，不受格律限制，有散文化、议论化倾向。刘克庄因对南宋统治集团的妥协苟安不满，仕途上曾“四起四落”。最后一次因《落梅》诗中有“东风谬掌花权柄，却忌孤高不主张”语，被李知孝、梁大成等人指为讪谤当国权臣而免官。

这首词作于宋理宗嘉熙三年(1239)。时作者启程去广东赴广南东路提举常平官，他的好友王实之夜间设宴为他饯行。这是一首告别词。王实之与作者志趣相投，刘克庄的《后村别调集》里与王实之有关的词达十六首之多。刘克庄这首告别词戏谑调侃，狂放不羁，不拘斯文礼仪，足见二人交情之非同一般。此词和他的其他词一样，发泄牢骚不满，但心胸坦荡豪放，走笔时有俏皮可爱处。特别是结拍的"旁观拍手笑疏狂,疏又何妨,狂又何妨",豪爽狂放,体现了"以文为词"的辛氏词风特色。

上片包含两层意思。一是夜间举着乱麻团捆成的火把,赶到十里长亭参加朋友王实之为他举行的饯别宴会。诗人随身行李、一应日用品全都不带,只挑着一只"诗囊",尽显书生本色、狂妄之态。二是交代主、客身份:主为"王郎",即王实之,此人秉性刚直,有英豪之气,人称子昂(陈子昂)、太白(李白),作者曾称赞他为"天壤王郎,数人物方今第一"(《满江红·送王实之》)。客便是他自己。"刘郎",即唐代著名诗人刘禹锡。刘禹锡受政敌排挤,贬至荒远之地,但他生性旷放,蔑视新贵,返京后作玄都观诗讽喻道:"玄都观里桃千树,尽是刘郎去后栽。"(《元和十年自朗州承召至京戏赠看花诸君子》)刘克庄自称"刘郎",表达了他对当政权贵的蔑视,桀骜、潇洒亦如当年之刘郎。下片写二人酒酣耳热,评点文章,豪情满怀,气冲牛斗,大有"惊倒邻墙,推倒胡床"之气概,旁观者笑他们疏狂,他二人不以为意,相反倒有点自鸣得意。

疏狂,狂放不羁貌。见白居易《代书诗一百韵寄微之》诗:"疏狂属年少,闲散为官卑。"那么,刘克庄他究竟怎么个"疏狂"法呢?此句之前一句有具体描述:"酒酣耳热说文章,惊倒邻墙,推倒胡床。"两个知己相遇,不着离愁别绪,酒酣耳热却说起文章上的事来。这"文章"不是浅吟低唱的诗词歌赋,而是"国是""时局""降与战""收复与统一",属意气风发的激扬文字,即今日的尖锐、泼辣的时评一类。二人豪气勃发,情绪慷慨,大有惊倒风亭墙壁之气势,说着说着便站起来把胡床(坐具)也推倒了。"惊倒邻墙"固然夸张,但"推倒胡床",我们完全可以相信,那是事实。

此情此景,惹得旁观的随行人员和仆役们抚掌大笑,都说他们是喝醉了,发酒疯了,不然不会这么放纵、癫狂。他二人为何不怕别人笑话,要朗声放言:"放纵又怎样?癫狂又何妨?"二人对随行人员和仆役们的笑并不在意。他们根本不理解二人疏狂的原因,不了解主客二人内心深处的愁苦,更不理解二人反封建礼法的"佯狂"的悲哀。此中真意,可与智者道,难与俗人言也!

旁观者的笑,反映他们对作者和王实之并不理解。他们所看到的只是现象。"疏狂"是作者内心痛苦的释放。有识之士报国无门,屡屡遭排挤、被贬黜,这种长期郁积在心的愁苦,终于在暗夜的长亭爆发,言词激烈,举止失常,是为"疏狂"。其实他二人内心清醒得很,根本没醉,恰恰是那些妥协投降、苟且偷安者沉醉在西湖歌舞中,不思收复,醉生梦死。"众人皆醉我独醒"啊!所以如果把"疏狂"简单地理解为酗饮过度而"发酒疯",那便是未得入其门,更遑论摄其神了!

名句将全词推向高潮,作者将"疏狂"一词拆开分说,更是将"疏狂"推向极致。此句卒章显志,肺腑洞见,戏谑之中藏忧愤,狂放之中见深沉。

作者小传

刘克庄(1187—1269),字潜夫,号后村居士,莆田(今属福建)人。出身世家,理宗时赐同进士出身,屡被免官。文、史、诗、词均工,负一代时名。词作力主收复中原,反映民生疾苦,笔力雄健豪放。有《后村先生大全集》。